उपनिषदों
की
कथाएँ

उपनिषदों की कथाएँ

हरीश शर्मा

विद्या विहार, नई दिल्ली

प्रकाशक : विद्या विहार,
19, संत विहार (पहली मंजिल) गली नं. 2, अंसारी रोड, नई दिल्ली–110002
सर्वाधिकार : सुरक्षित / संस्करण : 2024 / मूल्य : पाँच सौ रुपए
मुद्रक : नरुला प्रिंटर्स, दिल्ली ISBN 978-81-88140-98-5

UPANISHADON KI KATHAYEN (Stories from Upanishads)
by Shri Harish Sharma ₹ 500.00
Published by **VIDYA VIHAR**
19, Sant Vihar (First Floor), Street No.2, Ansari Road, New Delhi-2

अपनी बात

उपनिषद् शब्द का विश्लेषण किया जाए तो उप का अर्थ है–समीप, निषद् का अर्थ है–बैठनेवाला। अर्थात् जो परम तत्त्व के समीप पहुँचकर शांत बैठ जाता है। वैसे यह एक विशद् अर्थोंवाला शब्द है। इसका एक अर्थ ज्ञान है तो एक अन्य अर्थ पुस्तक।

ऋषि-मुनियों ने शिष्यों को अपने समीप बैठाकर ज्ञान प्रदान किया, वही ज्ञान उपनिषद् बनकर प्रसिद्ध हुआ। उपनिषद् को वेदों का अंतिम भाग भी कहा जाता है–यानी वेदांत, अर्थात् उपनिषद् वेदों में प्रतिपादित ज्ञान का सार है। उपनिषद् का सारा अनुसंधान इस प्रश्न में निहित है–'वह कौन सी वस्तु है, जिसे जान लेने पर सबकुछ जान लिया जाता है?' और विभिन्न उपनिषदों में इस प्रश्न का एक ही उत्तर दिया गया है कि वह 'ब्रह्म' है।

उपनिषद् कुल कितने हैं, विद्वान् इस बारे में एकमत नहीं हैं। कहीं 71, 108 और 180 तक उपनिषदों का वर्णन मिलता है, लेकिन निम्नलिखित दस उपनिषदों की प्रतिष्ठा सर्वमान्य है–

ईश-केन-कठ-प्रश्न-मुण्ड-माण्डूक्य-तैत्तिरिः।
एतरेयश्च छान्दोग्यं बृहदारण्यकं तथा।।

अर्थात् 1. ईश, 2. केन, 3. कठ, 4. प्रश्न, 5. मुंडक, 6. मांडूक्य, 7. ऐतरेय, 8. तैत्तिरीय, 9. छांदोग्य और 10. बृहदारण्यक–ये दस उपनिषद् हैं।

उपनिषदों की भाषा मनोहारी पर गूढ़ है। यह हृदय को आकर्षित करनेवाली है। मुगल-कुमार दाराशिकोह तो इनसे इतना प्रभावित हुआ कि कुछ उपनिषदों का उसने

फारसी भाषा में अनुवाद करवाया।

उपनिषदों में ज्ञान और कर्म का महत्त्व प्रतिपादित किया गया है। चरित्र निर्माण की शिक्षा दी गई है। पितृ-महिमा, अतिथि-महिमा, आत्मा, प्राण, ब्रह्म, ईश्वर आदि का सूक्ष्म विश्लेषण है।

हम कह सकते हैं कि बिना उपनिषदों को समझे भारतीय इतिहास और संस्कृति को नहीं समझा जा सकता। सभी भारतीय आदर्श उपनिषद् में खोजे जा सकते हैं।

उपनिषद् गुरु-शिष्य परंपरा के माध्यम से आगे बढ़कर—प्रश्नोत्तर, दृष्टांतों, उदाहरणों, संकेतों, उक्तियों, रूपकों द्वारा सृष्टि के गूढ़ रहस्यों को उद्घाटित करते हैं। ब्रह्म, आत्मा, परमात्मा जैसे गूढ़ विषयों का सरल अर्थ उपनिषदों में ही पाया जा सकता है।

उपनिषद् ही कहते हैं—

असतो मा सद्गमय, तमसो मा ज्योतिर्गमय,
मृत्योर्मा अमृतं गमय।

"मुझे असत्य से सत्य की ओर ले चलो, अंधकार से प्रकाश की ओर ले चलो, मृत्यु से अमरता की ओर ले चलो।"

प्रस्तुत पुस्तक में इन्हीं उपनिषदों की शिक्षा को कथात्मक शैली में प्रस्तुत किया गया है, ताकि सामान्य पाठक भी इनका चिंतन, मनन और संग्रहण कर सकें।

—हरीश शर्मा

कथा-सूची

किसे प्रणाम

राजा अनमित्र की पत्नी भद्रा ने एक ऐसे दिव्य पुत्र को जन्म दिया, जिसे पूर्वजन्म की सभी घटनाओं का ज्ञान था। इसी कारण वह बालक माता से कुछ अलग-थलग रहता था। भद्रा ने उसे रिझाने के अनेक प्रयास किए, किंतु असफल रही। अंत में क्रोधित होकर उसने बालक को वन में छुड़वा दिया।

वन में एक भयंकर राक्षसी रहती थी। उसे बच्चों का मांस अत्यंत प्रिय था। लेकिन भोजन से पूर्व वह बच्चों को परस्पर बदलने का खेल खेलती थी। उसने वन में पड़े हुए भद्रा के पुत्र को विक्रांत नामक राजा के पुत्र से बदल दिया। तदनंतर उसने विक्रांत के पुत्र को एक ब्राह्मण के घर में सुला दिया और उस ब्राह्मण के पुत्र को मारकर खा गई। इस प्रकार खेल-खेल में राक्षसी ने बच्चों को बदल दिया।

राजा विक्रांत ने बालक का नाम 'आनंद' रखा और उसका पालन-पोषण करने लगा। युवा होने पर राजा ने उसे विद्याध्ययन के लिए गुरु के साथ भेजने का निश्चय किया। गुरु ने आनंद को विद्यार्जन से पूर्व माता के चरण-स्पर्श करने को कहा। आनंद विनम्र स्वर में बोला, "गुरुदेव, आपने माता के चरण-स्पर्श करने को कहा है। परंतु यह तो बताया ही नहीं कि मैं जन्म देनेवाली माता को प्रणाम करूँ अथवा पालन करनेवाली माता को?"

यह बात सुनकर वहाँ उपस्थित सभी लोग विस्मित रह गए। राजा विक्रांत ने आनंद से इसका रहस्य पूछा। तब आनंद बोला, "राजन्, मेरा जन्म राजा अनमित्र की पत्नी भद्रा के गर्भ से हुआ है। उन्होंने मुझे वन में छुड़वा दिया था। एक राक्षसी ने मुझे आपके पुत्र के साथ बदल दिया था। इस समय आपका पुत्र निकट के गाँव में एक ब्राह्मण के घर

चैत्र नाम से पल-बढ़ रहा है।'' राजा विक्रांत ने उसी समय सैनिक भेजकर ब्राह्मण सहित चैत्र को अपने पास बुलवा लिया। तदनंतर ब्राह्मण को सारी स्थिति बताकर धन देकर विदा कर दिया।

इसके बाद आनंद वन में जाकर कठोर तपस्या करने लगा। तपस्या करते हुए उसे हजारों वर्ष बीत गए। अंततः ब्रह्माजी साक्षात् प्रकट हुए और मनोवांछित वर माँगने को कहा। आनंद ने वरदान में मोक्ष माँगा।

ब्रह्माजी बोले, ''वत्स, मनुष्य द्वारा अपने कर्म भोगे बिना मोक्ष संभव नहीं है। यद्यपि तुम मोक्ष के अधिकारी हो, लेकिन उससे पहले तुम्हें इस पृथ्वी के सभी भोगों का उपभोग करना है। मैं तुम्हें मनु पद पर आसीन होने का वरदान देता हूँ। पूर्व जन्म में तुम मेरे चक्षु से उत्पन्न हुए थे, इसलिए इस जन्म में तुम चाक्षुष मनु के नाम से प्रसिद्ध होगे।'' यह कहकर ब्रह्माजी अंतर्धान हो गए।

तत्पश्चात् आनंद संपूर्ण पृथ्वी को विजयी कर चाक्षुष नाम से मनु-पद पर आसीन हुआ।

एक दिन चाक्षुष ने ब्रह्मर्षि पुलह से परम कल्याणकारी ज्ञान प्रदान करने की प्रार्थना की। पुलह ने उसको भगवती जगदंबा की आराधना करने का परामर्श दिया। चाक्षुष ने विरजा नदी के तट पर जाकर कठोर तपस्या आरंभ कर दी। उसने बारह वर्ष तक निरंतर भगवती के सरस्वती बीज-मंत्र का जाप किया। इससे प्रसन्न होकर भगवती ने दर्शन दिए और वरस्वरूप दिव्य ज्ञान प्रदान किया। साथ ही चाक्षुष को पुत्रवान् होने का भी वरदान दिया।

इस प्रकार चाक्षुष ने सहस्र वर्ष तक पृथ्वी पर राज्य किया और अंत में भगवती के परम धाम को प्राप्त हुआ।

□

'मैं तेरा काल'

राजा धर्मध्वज का कुशध्वज नामक एक धर्मात्मा भाई था। उसका विवाह मालावती नामक युवती से हुआ। धर्मध्वज की भाँति कुशध्वज भी भगवती जगदंबा का अनन्य भक्त था। वह प्रतिदिन उनके मायाबीज मंत्र का जाप करता था। भगवती की कृपा से कुशध्वज के घर एक सुंदर कन्या उत्पन्न हुई। वह कन्या महालक्ष्मी का अंश थी। जन्म लेते ही वह कन्या वेद-मंत्रों का उच्चारण करते हुए सूतिकागृह से बाहर निकल आई। अत: विद्वानों ने उसका नाम 'वेदवती' रखा।

माता-पिता की भाँति वेदवती के हृदय में भी भक्ति का अथाह सागर उमड़ रहा था। युवा होने पर उसने घर त्याग दिया और पुष्कर क्षेत्र में जाकर कठोर तपस्या करने लगी। उसने सहस्रों वर्षों तक निराहार रहकर कठोर तप किया, लेकिन फिर भी उसका शरीर सुंदर और हृष्ट-पुष्ट रहा। उसकी तपस्या का एकमात्र उद्देश्य भगवान् विष्णु को प्राप्त करना था।

एक दिन वह ध्यान में लीन थी कि तभी एक आकाशवाणी हुई–''देवी! तुम जिन परब्रह्म को पाने के लिए कठोर तप कर रही हो, अगले जन्म में तुम्हें उनकी पत्नी बनने का सौभाग्य प्राप्त होगा। भगवान् विष्णु स्वयं पत्नी-रूप में तुम्हारा वरण करेंगे। सहस्रों वर्षों तक कठोर तप करने के बाद भी ऋषि-मुनिगण जिनके दुर्लभ दर्शनों के लिए तरसते रहते हैं, वे परब्रह्म तुम्हें अपने चरणों में स्थान प्रदान करेंगे।''

आकाशवाणी सुनकर वेदवती का उद्वेलित हृदय शांत हो गया। फिर वह हिमालय पर जाकर पहले से अधिक कठोर तप करने लगी।

उन दिनों संपूर्ण दक्षिण दिशा में दैत्यराज रावण का अधिकार था। रावण ने अपने

बल, पराक्रम और दिव्य शक्तियों द्वारा देवताओं को भी पराजित कर दिया था। उसके नाम से दसों दिशाएँ काँपती थीं। यक्ष, गंधर्व, देवगण सभी भयभीत होकर उसकी स्तुति करते थे।

एक दिन भ्रमण करते हुए रावण की दृष्टि वेदवती पर पड़ी। वेदवती के रूप-सौंदर्य और यौवन को देखकर वह काम-पीड़ित हो गया। वह वेदवती के पास गया और शब्दों में प्रेम का रस घोलते हुए बोला, "हे सुंदरी! तुम कौन हो और इस निर्जन वन में क्या कर रही हो? तुम्हारा सौंदर्य अप्सराओं को भी चुनौती दे रहा है। अवश्य तुम देवलोक की कोई सुंदरी हो। देवी, तुम्हारे कमल-नयन मेरे हृदय को भेद रहे हैं। तुम्हारे यौवन का रस मुझे मदहोश कर रहा है। सुंदरी, मैं तुमसे विवाह कर तुम्हें अपनी पटरानी बनाना चाहता हूँ। तुम मेरे साथ लंका चलो। मैं तुम्हारे चरणों में अपना सारा ऐश्वर्य और वैभव अर्पित कर दूँगा।"

वेदवती ने रावण का प्रस्ताव अस्वीकार कर दिया और उसे लौट जाने के लिए कहा। लेकिन रावण पर काम का प्रभाव हो चुका था। उसने बलपूर्वक वेदवती का हाथ पकड़ लिया। तब वेदवती क्रोध में भरकर बोली, "पापी! तूने मुझे स्पर्श करके अपने काल को आमंत्रित किया है। मैं तुझे शाप देती हूँ कि अगले जन्म में मैं तेरे और तेरे वंश के नाश का कारण बनूँगी!"

इसके बाद वेदवती ने योगाग्नि में स्वयं को भस्म कर लिया; शापित रावण लंका लौट गया।

त्रेता-युग में वेदवती राजा जनक की कन्या सीता हुई। भगवान् विष्णु के अंशावतार श्रीराम ने सीताजी का वरण किया। वनवास के समय रावण सीता का हरण कर उन्हें लंका ले गया। बाद में सीता को प्राप्त करने के लिए श्रीराम ने रावण सहित उसके संपूर्ण वंश को नष्ट कर डाला। कहा जाता है कि द्वापर में वेदवती ने द्रौपदी के रूप में भी जन्म लिया था।

□

यज्ञ, दक्षिणा, फल

भगवान् श्रीकृष्ण की भक्त अनेक गोपियाँ थीं, परंतु उनमें से सुशीला नामक एक गोपी उन्हें अत्यंत प्रिय थी। अपने नाम के अनुरूप सुशीला बहुत सुंदर, सुशील और बुद्धिमान थी। श्रेष्ठ गुणों एवं लक्षणों से युक्त होने के कारण उसकी तुलना देवी लक्ष्मी से की जाती थी। उसने तन-मन से स्वयं को भगवान् श्रीकृष्ण के चरणों में समर्पित कर दिया था। उसकी भक्ति और निष्ठा तीनों लोकों में प्रसिद्ध थी। चूँकि श्रीकृष्ण भी सुशीला से प्रेम करते थे, इसलिए भगवती राधा के मन में उसके प्रति ईर्ष्या का भाव रहता था।

एक बार सुशीला भगवान् श्रीकृष्ण के पास बैठकर प्रेमालाप कर रही थी। सहसा वहाँ भगवती राधा आ गईं। उन्होंने जब सुशीला को श्रीकृष्ण के निकट बैठे देखा तो उनके क्रोध की सीमा न रही। उन्होंने सुशीला को उसी समय गोलोक से निष्कासित होने का शाप दे दिया। शापित सुशीला ने उसी समय गोलोक त्याग दिया और हिमालय पर जाकर कठोर तपस्या करने लगी।

इधर, राधा के ईर्ष्यालु व्यवहार से रुष्ट होकर श्रीकृष्ण अदृश्य हो गए। यह देखकर राधा भयभीत हो गई और आँसू बहाते हुए उन्हें पुकारने लगीं—"भगवन्, आप मुझे प्राणों से भी अधिक प्रिय हैं। आपके बिना रहने की कल्पना मेरे लिए असहनीय है। स्वामी, स्त्रियों का व्यवहार ईर्ष्यायुक्त होता है। मैंने ईर्ष्यावश सुशीला को शाप देने का अपराध किया है। कृपया मेरा अपराध क्षमा करें। दर्शन दें, प्रभु! अन्यथा मेरे प्राण निकल जाएँगे।"

तदंतर राधा भगवान् श्रीकृष्ण का ध्यान कर उनका चिंतन करने लगी। अंततः

श्रीकृष्ण प्रकट हुए और राधा को समझा-बुझाकर शांत किया।

सुशीला ने अनेक वर्षों तक कठोर तपस्या की। उसने अन्न-जल त्याग दिया तथा एक पैर पर खड़ी होकर भगवान् श्रीकृष्ण के परब्रह्म स्वरूप का चिंतन करने लगी थी। उसकी तपस्या ने तीनों लोकों को विचलित कर दिया। तप के फलस्वरूप उसके शरीर से निकलनेवाले दिव्य तेज ने सूर्य को भी ढक दिया। तप का ऐसा स्वरूप देखकर इंद्र भी भयभीत हो गए। वे भगवान् श्रीकृष्ण की शरण में गए और उन्हें सारी बात बताकर सुशीला को वरदान देने के लिए कहा।

तब भगवान् श्रीकृष्ण सुशीला को दर्शन देते हुए बोले, ''सुशीले! तुम्हारी भक्ति और निष्ठा ने मुझे यहाँ आने के लिए बाध्य कर दिया है। तुम्हारी जैसी कठोर तपस्या ऋषि-मुनियों के लिए भी दुर्लभ है। हे सुशीले! मैं तुम्हारी तपस्या से अत्यंत प्रसन्न हूँ। माँगो, तुम्हें क्या वर चाहिए?''

सुशीला उनकी स्तुति करते हुए बोली, ''भगवन्! सृष्टि में ऐसा कुछ भी नहीं है,

जो आपसे बढ़कर हो। आपको पति-रूप में प्राप्त करना ही मेरी तपस्या का एकमात्र उद्‌देश्य है। यदि आप प्रसन्न हैं तो मुझे अपनी पत्नी बनने का गौरव प्रदान करें।''

''तथास्तु। हे सुशीले! अगले जन्म में तुम महालक्ष्मी के अंश से उत्पन्न होकर दक्षिणा नाम से प्रसिद्ध होगी। तब मेरे अंश से उत्पन्न यज्ञ तुम्हारा वरण करेंगे।'' श्रीकृष्ण ने उसे मनोवांछित वरदान प्रदान किया।

तदंतर सुशीला ने शरीर त्याग दिया और ज्योति-रूप होकर भगवान् श्रीकृष्ण के श्रीचरणों में लीन हो गई।

सृष्टि के आरंभ में यज्ञ करने पर देवताओं को हविष्य का भाग प्राप्त नहीं होता था। उनकी विनती पर भगवती जगदंबा ने अपने दक्षिणी भाग से देवी दक्षिणा को प्रकट किया। दक्षिणा अत्यंत सुंदर और रूपवती युवती थी। उसने यज्ञ के साथ विवाह किया। विवाह के बाद दक्षिणा ने एक पुत्र को जन्म दिया, जिसका नाम 'फल' रखा गया। यही बालक मनुष्यों को उनके यज्ञ-हवनादि कर्मों का फल प्रदान करता था।

इस प्रकार श्रीकृष्ण ने यज्ञ-रूप में दक्षिणा का वरण किया।

□

तिनका नहीं उड़ा

एक बार भगवती दुर्गा की कृपा से देवताओं ने देवासुर संग्राम में दैत्यों को पराजित कर दिया। देवता इस बात से अनजान थे कि भगवती की शक्ति के कारण ही उनकी विजय हुई है। वे इसे अपने बल-पराक्रम की जीत मानते हुए सभी लोकों में अपनी शक्ति का बखान कर रहे थे।

देवताओं को अहंकार के नशे में चूर देख भगवती ने उन्हें सबक सिखाने का निश्चय किया। वे यक्ष रूप में प्रकट हुईं। उनका तेज सूर्य के प्रकाश को भी क्षीण कर रहा था। यक्ष रूपी देवी भगवती एक प्रकाश-पुंज के रूप में थीं। तेजमय यक्ष पर सर्वप्रथम देवर्षि नारद की दृष्टि पड़ी। उन्होंने शीघ्रता से देवराज इंद्र को इस अलौकिक पुंज के बारे में बताया, "देवेंद्र, स्वर्ग से कुछ दूरी पर एक दिव्य यक्ष प्रकट हुआ है। उसमें से निकलनेवाली अग्नि की लपटें दसों दिशाओं को जलाने के लिए उद्यत हो रही हैं। ऐसा दिव्य तेजोमय पुंज मैंने कभी नहीं देखा। अवश्य यह किसी असुर की माया है।"

नारदजी की बात सुनकर इंद्र सोच में पड़ गए। उन्होंने उसी समय अग्निदेव को प्रकाश-पुंज के विषय में जानने के लिए भेजा।

अग्निदेव यक्ष के पास पहुँचे और गर्व में भरकर बोले, "हे मायावी! मैं अग्निदेव हूँ। मुझमें जगत् को पल भर में भस्म कर देने की शक्ति है। मेरी तीव्र लपटों से सृष्टि में हाहाकार मच जाता है। अत: उचित यही है कि तुम अपने बारे में साफ-साफ बता दो, अन्यथा मैं तुम्हें अभी भस्म कर दूँगा!"

अग्निदेव के गर्वयुक्त वचन सुनकर यक्ष ने उनके सामने एक तिनका रखा और कहा, "अग्निदेव, मैं तुम्हारा पराक्रम देखना चाहता हूँ। यदि तुममें जगत् को भस्म करने

की शक्ति है तो जरा इस तिनके को जलाकर दिखाओ। इसके बाद मैं तुम्हें अपने बारे में सबकुछ बता दूँगा।''

गर्वीले अग्निदेव ने तिनके को जलाने के लिए तीव्र ज्वाला प्रकट की। परंतु अपनी पूरी शक्ति लगाकर भी वे तिनके को नहीं जला सके। अंत में लज्जित होकर लौट आए और इंद्र को सारी बात बताई। अग्निदेव की असफलता ने इंद्र को विचलित कर दिया। उन्होंने वायुदेव को भेजा।

यक्ष के समक्ष पहुँचकर वरुणदेव ने भी गर्वयुक्त शब्दों में अपना परिचय दिया। यक्ष अपनी बात दोहराते हुए बोला, ''वायुदेव! तुम्हारे सामने यह छोटा सा तिनका पड़ा है। यदि इसे अपनी शक्ति से उड़ा दोगे तो मैं तुम्हारी शक्ति के सामने नतमस्तक हो जाऊँगा। परंतु यदि तुम यह नहीं कर सकते तो अभिमान त्यागकर देवराज इंद्र के पास लौट जाओ।''

वायुदेव ने उपहासपूर्वक एक फूँक मारी, परंतु तिनका नहीं उड़ा। इस बार उन्होंने पूरी शक्ति लगाकर कोशिश की। लेकिन तिनका अपने स्थान से हिला तक नहीं। अंत

में वायुदेव भी लज्जित होकर लौट गए।

तब देवराज इंद्र स्वयं यक्ष के पास गए। उन्हें आते देखकर यक्ष उसी क्षण अंतर्धान हो गया। यक्ष के अदृश्य हो जाने से इंद्र को आत्मग्लानि हुई। तभी एक आकाशवाणी गूँजी, ''देवेंद्र, तुम भगवती के मायाबीज मंत्र का जाप करो।''

इंद्र ने मंत्र का जाप शुरू कर दिया। जप करते हुए अनेक दिन बीत गए।

एक दिन चैत्र मास के शुक्ल पक्ष में नवमी तिथि के अवसर पर इंद्र के सामने एक विराट् दिव्य तेज प्रकट हुआ, जिसमें से देवी भगवती प्रकट हुईं। उन्होंने देवी भगवती को प्रणाम किया और यक्ष के विषय में पूछा।

भगवती बोलीं, ''वत्स, यह जगत् मेरी ही माया के वशीभूत है। इसके कण-कण में मेरी शक्ति ही विद्यमान है। परंतु अभिमानवश ये सब भूलकर तुम भोग-विलास में डूब गए। इसलिए तुम्हें सन्मार्ग पर लाने के लिए मेरा तेज ही यक्ष-रूप में प्रकट हुआ था। अतः अब तुम भोग-विलास त्यागकर धर्मयुक्त शासन करो।''

इंद्र ने भक्तिभाव से देवी भगवती की पूजा-उपासना की और स्वर्ग में लौट आए।

□

कवि बना शुक्राचार्य

महर्षि अंगिरा और भृगु मुनि परस्पर गहरे मित्र थे। उनकी मित्रता तीनों लोकों में प्रसिद्ध थी। अंगिरा का जीव नामक एक पुत्र था, वहीं भृगु के पुत्र का नाम कवि था। दोनों बालक अत्यंत बुद्धिमान तथा एक समान आयु के थे। पिता के समान उन दोनों में भी गहरी मित्रता थी। इसलिए जब वे शिक्षा ग्रहण करने योग्य हुए तो भृगु ने निश्चय किया कि महर्षि अंगिरा ही दोनों को शिक्षा प्रदान करेंगे। अत: कवि अंगिरा ऋषि के आश्रम में रहते हुए शिक्षा ग्रहण करने लगा। किंतु पुत्रमोह के कारण अंगिरा दोनों में भेदभाव करने लगे। कवि की अपेक्षा वे जीव की शिक्षा-दीक्षा पर अधिक ध्यान देते थे। उन्होंने जीव को तो वेदों के गूढ़ रहस्यों से अवगत करवाया, जबकि कवि को केवल ऊपरी ज्ञान देकर ही संतुष्ट हो गए।

कवि अनेक दिनों से गुरु के इस व्यवहार को सहन कर रहा था। एक योग्य शिष्य होने के कारण वह अपने गुरु का बहुत सम्मान करता था। लेकिन जब उनका व्यवहार असहनीय हो गया तो एक दिन कवि उनसे बोला, ''गुरुदेव, जिस प्रकार एक पिता के लिए उसकी दो संतानों में कोई अंतर नहीं होता, उसी प्रकार गुरु की दृष्टि में सभी शिष्य एक समान होने चाहिए। जब गुरु ही शिष्यों में भेदभाव करने लग जाए तो उसका यह व्यवहार कदापि धर्मानुकूल नहीं होता। गुरुवर, शिष्य भी पुत्र के समान होता है। इसलिए यदि जीव आपका पुत्र है तो मैं भी आपके पुत्र के समान हूँ। कृपया हम दोनों में कोई भेदभाव न करें।''

अंगिरा ने कवि की बात अनसुनी कर दी और पहले की भाँति दोनों को पृथक्-पृथक् पढ़ाते रहे। अंतत: कवि आश्रम छोड़कर अपने घर लौट चला।

मार्ग में गौतम मुनि का आश्रम था। कवि ने उनकी बौद्धिकता, विद्वत्ता और दयालुता के बारे में बहुत कुछ सुना हुआ था। ऐसे महान् तपस्वी के दर्शन किए बिना चले जाना उसे उचित नहीं लगा। वह गौतम मुनि के पास गया और उनकी स्तुति करते हुए बोला, ''हे मुनिवर! आप परम ज्ञानी और विद्वान् हैं। आपके ज्ञान की प्रसिद्धि दसों दिशाओं में गुंजायमान है। जीवन-पथ पर भटकते हुए कई मनुष्यों ने आपके मार्गदर्शन का लाभ उठाकर सफलता प्राप्त की है। मुनिवर, कृपया ज्ञान-प्राप्ति के लिए योग्य गुरु के विषय में बताकर मेरा जीवन भी सार्थक करें।''

''वत्स, संसार में केवल भगवान् शिव ही एकमात्र योग्य गुरु हैं। वे ही सृष्टि के गूढ़-से-गूढ़ रहस्यों को जानते हैं। उनके लिए कोई भी विद्या अछूती या अदृश्य नहीं है। वे चाहें तो मूर्ख को भी परम ज्ञानी बना सकते हैं। उनकी पूजा-आराधना मात्र से तुम उनकी कृपा-दृष्टि प्राप्त कर सकते हो। भक्त-वत्सल भगवान् शिव तुम्हारी सभी मनोकामनाएँ अवश्य पूर्ण करेंगे।'' गौतम मुनि ने कवि को समझाया।

कवि के हृदय में भगवान् शिव से ज्ञान-प्राप्ति की इच्छा उत्पन्न हो गई। वह उसी समय गौतमी गंगा में स्नान करके भगवान् शिव की आराधना करने लगा। अंततः भगवान्

शिव प्रसन्न होकर साक्षात् प्रकट हुए और वर माँगने के लिए कहा।

कवि बोला, ''हे तीनों लोकों के स्वामी! आपसे कोई बात छिपी नहीं है। मेरी आराधना के पीछे का उद्देश्य भी आप भलीभाँति जानते हैं। भगवन्, मेरे लिए आप आराध्य देव और गुरु दोनों ही हैं। कृपया अपना शिष्य स्वीकार कर मुझे अनुगृहीत करें। मुझे वह दिव्य ज्ञान प्रदान करें जो परम तपस्वी के लिए भी दुर्लभ है।''

तब भगवान् शिव ने कवि को वैदिक और लौकिक विद्याएँ प्रदान कीं। साथ ही मृत-संजीवनी विद्या भी प्रदान की, जिससे देवगण भी अनभिज्ञ थे। इस विद्या द्वारा उसे किसी भी मृत प्राणी को पुनरुज्जीवित करने की शक्ति प्राप्त हो गई। आगे चलकर कवि शुक्राचार्य के नाम से प्रसिद्ध होकर दैत्यों का गुरु बना।

जिस स्थान पर भगवान् शिव ने शुक्राचार्य को दर्शन दिए थे, वह स्थान 'शुक्र तीर्थ' कहलाया।

□

काल का ग्रास

एक बार अग्निदेव भूख से पीड़ित हो उठे। अपनी क्षुधा शांत करने के लिए वे विकराल रूप धारण कर पृथ्वी की ओर बढ़े। परंतु उन दिनों पृथ्वी पर हैहयवंशी राजा कार्तवीर्य अर्जुन का राज था। वे अपनी सहस्र भुजाओं के साथ उसकी रक्षा करते थे। देवगण, यक्ष, दैत्य, राक्षस सभी उनसे भयभीत रहते थे। एक बार उन्होंने राक्षसराज रावण को भी बंदी बना लिया था। उनकी वीरता और पराक्रम का यश दसों दिशाओं में फैला हुआ था। अग्निदेव भी उनकी वीरता के बारे में जानते थे। किस प्रकार अपनी क्षुधा शांत की जाए, यही सोचकर वे चिंता में पड़ गए।

कार्तवीर्य जहाँ वीरता के लिए प्रसिद्ध थे, वहीं उनकी दानवीरता और दयालुता का यशोगान भी तीनों लोकों में था। वे अपने द्वार पर आए याचक को कभी निराश नहीं लौटाते थे। अंततः अग्निदेव को एक मार्ग सूझा। उन्होंने ब्राह्मण-वेश बनाया और कार्तवीर्य के दरबार में जा पहुँचे। कार्तवीर्य ने उनका यथोचित सत्कार कर मनोवांछित वस्तु माँगने के लिए कहा। अग्निदेव बोले, "राजन्, मैंने कई दिनों से भोजन नहीं किया है। भूख से मेरे प्राण मुँह को आ रहे हैं। हे राजन्, आपकी दयालुता और परोपकार के बारे में सभी जानते हैं। इस समय मैं याचक रूप में आपके सामने खड़ा हूँ। कृपया आप मुझे मेरे पसंद का भोजन प्रदान करें।"

"आप निश्‍चिंत रहें, ब्राह्मण देवता! आपको आपकी पसंद का भोजन अवश्य मिलेगा। मैं वचन देता हूँ।" कार्तवीर्य ने पल भर में ब्राह्मण को वचन दे डाला।

तभी अग्निदेव अपने वास्तविक रूप में आ गए। चूँकि कार्तवीर्य वचन दे चुके थे, अतः उन्होंने अनेक नगर, वन और पर्वत उन्हें समर्पित कर दिए। अग्निदेव प्रचंड रूप में

प्रज्वलित हो उठे। उनकी विशाल लपटें एक-एक कर संपूर्ण क्षेत्र को निगलने लगीं। इसी बीच उन्होंने महर्षि वसिष्ठ के आश्रम को भी जला डाला। इससे महर्षि क्रुद्ध हो उठे और कार्तवीर्य को शाप देते हुए बोले, ''हे कार्तवीर्य! तेरी मूर्खता के कारण अग्निदेव ने मेरा आश्रम जलाया है। इसलिए मैं शाप देता हूँ कि परम तपस्वी परशुराम तेरी सहस्र भुजाएँ काटकर तुझे प्राणदंड देंगे।''

कार्तवीर्य ने शाप स्वीकार कर लिया।

एक बार कार्तवीर्य शिकार खेलते हुए महर्षि जमदग्नि के आश्रम में पहुँचे। उनके साथ उनकी विशाल सेना भी थी। महर्षि जमदग्नि ने उनका यथोचित सत्कार किया और उन्हें व उनके सैनिकों को मनपसंद भोजन परोसा।

महर्षि का सामर्थ्य देख कार्तवीर्य बड़े विस्मित हुए। उन्होंने उनसे इस बारे में पूछा। जमदग्नि बोले, ''राजन्! इसमें कुछ भी विचित्र नहीं है। यह सब कामधेनु गाय के आशीर्वाद का फल है। गौमाता ही आश्रमवासियों और आश्रम में आए अतिथियों का भरण-पोषण करती हैं।''

कामधेनु की विशेषता सुनकर कार्तवीर्य उसे पाने के लिए उद्यत हो गए। उन्होंने

महर्षि से गाय उन्हें सौंपने के लिए कहा। परंतु जमदग्नि ने यह कहते हुए कामधेनु देने से इनकार कर दिया कि वे उनके लिए माता के समान हैं और वे उन्हें कदापि स्वयं से अलग नहीं करेंगे। इनकार सुनकर कार्तवीर्य क्रोधित हो गए। महर्षि वसिष्ठ के शाप के कारण कार्तवीर्य की बुद्धि भ्रष्ट हो चुकी थी। अंततः कामधेनु को बलपूर्वक लेकर वे अपनी राजधानी माहिष्मतीपुरी की ओर चल पड़े।

परशुराम महर्षि जमदग्नि के पुत्र थे। जब उन्हें इस घटना के बारे में पता चला तो वे क्रोध से भर उठे। उन्होंने फरसा उठाया और मार्ग में ही कार्तवीर्य को जा घेरा। दोनों में भयंकर युद्ध छिड़ गया। यद्यपि कार्तवीर्य अत्यंत शक्तिशाली और पराक्रमी थे, तथापि शाप के पूर्ण होने का समय आ चुका था। परशुराम ने एक-एक कर उनकी सभी भुजाएँ काट डालीं। तदनंतर फरसे के एक ही वार से उनका मस्तक धड़ से अलग कर दिया। फिर वे कामधेनु को लेकर आश्रम में लौट आए।

इस प्रकार महर्षि वसिष्ठ के शाप के कारण कार्तवीर्य काल का ग्रास बन गए।

□

पृथ्वी-परिक्रमा

एक बार ब्रह्माजी के तपोबल से अत्यंत सुंदर और श्रेष्ठ लक्षणों से युक्त एक कन्या उत्पन्न हुई। उसकी देह से दिव्य तेज निकल रहा था; होंठों पर सुंदर मुसकान खेल रही थी। उसे देखकर ब्रह्माजी का हृदय प्रसन्नता से भर उठा। उन्होंने कन्या को हृदय से लगा लिया। परंतु उनके समक्ष कन्या के लालन-पालन की समस्या उठ खड़ी हुई। वे स्वयं सृष्टि-रचना के कार्य में संलग्न थे। ऐसे में वे स्वयं उसका पालन-पोषण नहीं कर सकते थे।

तभी देवर्षि नारद वहाँ आ पहुँचे। ब्रह्माजी के पास एक सुंदर बालिका को देखकर नारद अत्यंत विस्मित हुए। वे बोले, ''हे पिताश्री! यह बालिका कौन है और यहाँ क्या कर रही है? इसके मुख की भाव-भंगिमा और विशिष्ट चिह्न इसके परम तपस्विनी और सौभाग्यवती होने की भविष्यवाणी कर रहे हैं। इसे देखकर मन में असीम आनंद और प्रसन्नता हिलोरें ले रही है। कृपया मेरी जिज्ञासा शांत करें।''

ब्रह्माजी बोले, ''वत्स, यह कन्या मेरी मानस-पुत्री है। इसका जन्म मेरे तपोबल से हुआ है। परंतु वत्स, इसके पालन-पोषण में मैं असमर्थ हूँ। सृष्टि में कोई ऐसा मुझे दिखाई नहीं देता, जो इसका पालन-पोषण कर सके। वत्स, यदि तुम इसका भार अपने कंधों पर ले लो तो मैं निश्चिंत हो जाऊँगा।''

नारद बोले, ''पिताश्री, मैं स्वयं स्थान-स्थान पर भटकता रहता हूँ, इसका लालन-पालन किस प्रकार करूँगा? मेरा न कोई घर है और न ही कोई परिवार। मुझ जैसे वैरागी और चलायमान तपस्वी के साथ इसका रहना असंभव है। पिताश्री, यदि महर्षि गौतम इसके पालन-पोषण का भार सँभाल लें तो आपकी चिंता का निदान हो जाएगा। उनके समान

श्रेष्ठ तपस्वी, विद्वान्, जितेंद्रिय तथा वेदज्ञाता आप द्वारा सौंपे गए कार्य को भलीभाँति पूर्ण करेंगे।''

ब्रह्माजी को उनका परामर्श उचित लगा। वे उसी समय महर्षि गौतम के आश्रम में पहुँचे और बोले, ''हे वत्स, मैं अपनी पुत्री के पालन-पोषण की जिम्मेदारी तुम्हें सौंपता हूँ। जब यह कन्या युवा हो जाए तो इसे मुझे सौंप देना।'' यह कहकर उन्होंने गौतम को वह कन्या सौंप दी।

महर्षि गौतम ने कन्या का नाम 'अहल्या' रखा और भली-भाँति उसका पालन करने लगे। वे उसकी प्रत्येक इच्छा और आवश्यकता का ध्यान रखते थे। उन्होंने अहल्या को वैदिक ज्ञान देकर धार्मिक कर्मकांडों में भी पारंगत कर दिया। इसी प्रकार अनेक वर्ष बीत गए और अहल्या युवा हो गई। तदनंतर महर्षि गौतम ने उसे ब्रह्माजी को सौंप दिया।

अब ब्रह्माजी के समक्ष अहल्या के विवाह की समस्या खड़ी हो गई। महर्षि गौतम द्वारा अहल्या को दिए गए संस्कारों से वे बड़े प्रसन्न थे। उन्होंने मन-ही-मन निश्चय कर

लिया कि वे अहल्या का विवाह गौतम के साथ ही करेंगे। परंतु इससे पूर्व ही अहल्या के रूप-सौंदर्य से प्रभावित होकर इंद्र, कुबेर, वरुण, अग्नि, चंद्र आदि देवगण एक-एक कर ब्रह्माजी के पास गए और अहल्या से विवाह करने की इच्छा प्रकट की।

तब ब्रह्माजी ने शर्त रखी कि जो सबसे पहले पृथ्वी की परिक्रमा करके लौट आएगा, वे अहल्या का विवाह उसके साथ कर देंगे। शर्त सुनते ही सभी देवगण पृथ्वी की परिक्रमा करने चल पड़े।

महर्षि गौतम वेदों के ज्ञाता थे। उन्होंने वेदों में पढ़ा था कि जो गाय आधा प्रसव कर चुकी हो, वह पृथ्वी तुल्य है। यदि उस समय उसकी परिक्रमा कर ली जाए तो इसे पृथ्वी-परिक्रमा माना जाता है।

उस समय गर्भवती कामधेनु आधा प्रसव कर चुकी थी। बछड़ा शरीर से आधा ही बाहर निकला था। महर्षि गौतम कामधेनु की परिक्रमा कर ब्रह्माजी के पास पहुँच गए।

गौतम मुनि की बुद्धिमत्ता से ब्रह्माजी अत्यंत प्रसन्न हुए और उन्होंने अहल्या का विवाह गौतम के साथ कर दिया। तदनंतर वे अहल्या को अपने आश्रम में ले आए।

□

कैद में रावण

एक बार नर्मदा नदी के तट पर लंकापति रावण का शिविर लगा हुआ था। वह वहाँ सेना सहित विश्राम कर रहा था। सहसा नर्मदा की विशाल जलधारा किनारों को तोड़ती हुई उनके शिविर की ओर निकल आई। उसके तीव्र वेग से समूचा शिविर उखड़ गया। यह देखकर रावण क्रोधित हो उठा। उसने सैनिकों को बुलाया और गरजते हुए बोला, ''सैनिको! हमारे विश्राम में बाधा डालने का दु:साहस कोई साधारण प्राणी नहीं कर सकता। अवश्य किसी अहंकारी देवता या गंधर्व ने यह दु:साहस किया है। जाओ और उसे पकड़कर शीघ्र हमारे सामने लाओ। हम स्वयं उसे उसकी उद्दंडता के लिए दंडित करेंगे।''

आज्ञा पाते ही सैनिक शीघ्रता से अपराधी को बंदी बनाने के लिए चल पड़े। कुछ दूरी पर उन्हें राजा कार्तवीर्य अपनी रानियों के साथ जल-क्रीड़ा करते दिखाई दिए। उसकी शक्तिशाली भुजाएँ नर्मदा के जल को आंदोलित कर रही थीं। सैनिकों ने उन्हें चारों ओर से घेर लिया तथा सबको रावण के पास चलने के लिए कहा।

क्रीड़ा में विघ्न पड़ने से कार्तवीर्य क्रोधित हो उठे। उन्होंने पल भर में ही सैनिकों को काल का ग्रास बना दिया। उनमें से एक सैनिक किसी तरह प्राण बचाकर लौट आया और रावण को सारी बात बताते हुए बोला, ''हे राजन्! माहिष्मती पुरी के राजा कार्तवीर्य अपनी रानियों के साथ नर्मदा में क्रीड़ा कर रहे हैं। उनकी विशाल भुजाओं के प्रहार से नर्मदा का जल उछल-उछलकर किनारों से बाहर निकल रहा है। जब सैनिकों ने उन्हें बंदी बनाने का प्रयास किया तो उन्होंने सभी को मौत की नींद सुला दिया। हे दैत्यराज! हजार भुजाओं से युक्त होने के कारण वे अत्यंत शक्तिशाली हैं। केवल आप ही उन्हें

दंडित कर सकते हैं।''

''उस दुष्ट का इतना दुःसाहस कि रावण को चुनौती दे। उसे अपनी सहस्र भुजाओं पर बहुत अहंकार है। आज मैं उसे मारकर उसका घमंड चूर-चूर कर दूँगा।'' यह कहकर रावण ने अस्त्र-शस्त्र धारण कर लिये और युद्ध के लिए चल पड़ा।

शीघ्र ही वह कार्तवीर्य के पास जा पहुँचा और ललकारते हुए बोला, ''अरे दुष्ट! तूने रावण को चुनौती देकर अपने काल को आमंत्रित किया है। जिस रावण ने भगवान् शिव सहित कैलास को अपनी भुजाओं में उठा लिया था, वही रावण आज तेरी भुजाओं को काटकर तेरा मस्तक धड़ से अलग कर देगा।''

शत्रु की ललकार कार्तवीर्य सहन न कर सके। उन्होंने धनुष-बाण धारण किए और रावण से युद्ध करने लगे। रावण ने कार्तवीर्य पर दिव्य बाणों की झड़ी लगा दी; परंतु वे बाण उनका अहित किए बिना ही लौट गए। तत्पश्चात् कार्तवीर्य ने पाँच बाणों से ही रावण सहित उसकी सारी सेना को मूर्च्छित कर दिया। उन्होंने रावण को अपने धनुष की प्रत्यंचा से बाँधा और उसे लेकर अपने राज्य में लौट आए।

'राक्षसराज रावण को राजा कार्तवीर्य ने बंदी बना लिया है', यह समाचार तीनों लोकों में फैल गया। दसों दिशाओं में कार्तवीर्य की जय-जयकार होने लगी। देवताओं और ऋषि-मुनियों ने चैन की साँस ली। परंतु एक मुनि ऐसे भी थे, जो इस समाचार से व्यथित हो गए। रावण महर्षि पुलस्त्य का पौत्र था। अतः कार्तवीर्य के पास जाकर उन्होंने रावण को मुक्त करने की प्रार्थना की।

कार्तवीर्य धर्मात्मा और ब्राह्मणों का सम्मान करनेवाले थे। उन्होंने पुलस्त्य मुनि की प्रार्थना स्वीकार कर ली और रावण को मुक्त कर दिया। रावण लज्जित होकर लंका लौट गया।

इस प्रकार देवताओं को भी पराजित कर देनेवाले रावण को बंदी बनाकर कार्तवीर्य ने अपनी श्रेष्ठता सिद्ध कर दी।

□

दीक्षा

द्वापर युग में भगवान् विष्णु ने श्रीकृष्ण के रूप में अवतार लिया। इस अवतार में उन्होंने कंस, तृणावर्त, पूतना, कालयवन आदि अनेक पापियों का संहार कर पृथ्वी का बोझ कम किया। उनकी वीरता, सुंदरता और बुद्धिमत्ता का डंका दसों दिशाओं में बजता था। प्रत्येक राजकुमारी उनके साथ विवाह करने को व्याकुल थी। श्रीकृष्ण ने रुक्मिणी, जांबवती, सत्यभामा, सत्या, मित्रविंदा, कालिंदी, लक्ष्मणा तथा भद्रा–इन आठ राजकुमारियों से विवाह किया। आठों उनकी पटारानियाँ थीं। वे सभी रानियों से समान प्रेम करते थे। यही कारण था कि उन आठों रानियों में परस्पर प्रेम और सौहार्दपूर्ण संबंध थे। सभी एक–दूसरे का सम्मान करती थीं।

रुक्मिणी श्रीकृष्ण की प्रधान पटरानी थीं। उनके अंश से उन्होंने प्रद्युम्न नामक वीर और पराक्रमी पुत्र को जन्म दिया। प्रद्युम्न जैसे पुत्र को पाकर रुक्मिणी धन्य हो गईं।

एक बार रुक्मिणी अपने हाथों से प्रद्युम्न को खाना खिला रही थीं। जांबवती भी वहीं निकट बैठी हुई थी। वह अभी तक निस्संतान थी। माता–पुत्र का प्रेम देख उसका हृदय भी पुत्र के लिए मचल उठा। अतः वह श्रीकृष्ण के समक्ष मन की बात रखते हुए बोली, ''स्वामी, रुक्मिणी कितनी भाग्यशाली है, जिसे आपकी कृपा से प्रद्युम्न जैसे

श्रेष्ठ पुत्र की माता बनने का गौरव प्राप्त हुआ। ऐसे योग्य पुत्र ही माता-पिता के यश, सम्मान और मोक्ष-प्राप्ति का कारण बनते हैं। प्रभु, रुक्मिणी के समान मैं भी श्रेष्ठ पुत्र की माता बनना चाहती हूँ; मेरा मन भी पुत्र-प्रेम के लिए मचल रहा है। आप मेरी यह इच्छा पूर्ण करने की कृपा करें।''

''देवी, तुम्हारी यह इच्छा अवश्य पूर्ण होगी। शीघ्र ही तुम्हें भी एक श्रेष्ठ पुत्र प्राप्त होगा। इसके लिए मैं कठोर तप करूँगा। मेरे तप से उत्पन्न पुत्र तुम्हें असीमित सुख प्रदान करेगा।'' यह कहकर श्रीकृष्ण ने जांबवती को कुछ दिन प्रतीक्षा करने के लिए कहा।

द्वारका के निकट एक वन था। उस वन में परम शिवभक्त उपमन्यु मुनि रहते थे। उन्होंने अपना संपूर्ण जीवन शिव-उपासना में व्यतीत कर दिया था। भगवान् शिव की उन पर अनन्य कृपा थी। श्रीकृष्ण उनके पास गए तथा वहाँ आने का कारण बताते हुए बोले, ''मुनिवर! भगवान् शिव और भगवती पार्वती भक्तों की संपूर्ण मनोकामनाएँ पूर्ण करनेवाले हैं। उनकी शरण में जानेवाला कभी निराश नहीं लौटता। मैंने जांबवती को एक तेजस्वी पुत्र प्रदान करने का वचन दिया है। परंतु इससे पूर्व मैं भगवान् शिव और पार्वती की उपासना कर उनका आशीर्वाद प्राप्त करना चाहता हूँ। मुनिवर, संसार में आपके समान परम शिवभक्त दूसरा कोई नहीं है। इसलिए अपना शिष्य बनाकर मुझे शिव-मंत्र और स्तोत्र की दीक्षा दें।''

उपमन्यु मुनि ने श्रीकृष्ण को शिष्य बनाकर उन्हें शिव-उपासना के लिए दीक्षा प्रदान की। तदनंतर वे शिव-मंत्रों का जाप करते हुए कठोर तपस्या करने लगे। अंततः भगवान् शिव प्रसन्न हुए और देवी पार्वती के साथ साक्षात् प्रकट होकर श्रीकृष्ण से वर माँगने के लिए कहा।

श्रीकृष्ण ने उनसे वरदान में एक पुत्र प्रदान करने की प्रार्थना की। तब भगवान् शिव ने उन्हें वरदान दिया कि उनकी सोलह हजार आठ रानियाँ होंगी तथा प्रत्येक रानी से उन्हें दस-दस पुत्र प्राप्त होंगे। तपस्या पूर्ण होने के बाद श्रीकृष्ण द्वारका लौट आए। उनके तप के तेज से जांबवती ने एक तेजस्वी पुत्र को जन्म दिया, जो 'सांब' के नाम से प्रसिद्ध हुआ।

भगवान् शिव के वरदान के फलस्वरूप बाद में श्रीकृष्ण ने सोलह हजार रानियों से एक साथ विवाह किया, जिनसे उन्हें अनेक पुत्र प्राप्त हुए।

□

बुरे का अंत बुरा

खनित्र जैसे धर्मात्मा, सदाचारी, नीतिवान् और परोपकारी राजा को पाकर प्रजा अत्यंत प्रसन्न थी। उनकी देखरेख में राज्य के सभी कार्य सुचारु और व्यवस्थित रूप से संपन्न होते थे। उन्होंने प्रजा की सुविधाओं को ध्यान में रखते हुए अनेक कल्याणकारी कार्य किए। प्रात:काल ब्राह्मणों एवं निर्धनों को धन-अन्न का दान देना उनका नित्य का कार्य था। चारों ओर उनकी जय-जयकार होती थी।

शौरि, उदावसु, सुनय और महारथ–ये चारों खनित्र के छोटे भाई थे। खनित्र इन्हें अपने पुत्र के समान समझते थे। चारों ही उन्हें अपने प्राणों से अधिक प्रिय थे। यही कारण था कि उन्होंने अपने राज्य को चार भागों में विभक्त करके चारों भाइयों को वहाँ का राजा नियुक्त कर दिया। इस प्रकार पूर्व दिशा का राज्य शौरि, पश्चिम का सुनय, उत्तर दिशा का महारथ और दक्षिण का राज्य उदावसु सँभाल रहा था।

शौरि का विश्ववेदी नामक एक मंत्री था, जो बड़ा मक्कार, कुटिल और चाटुकार था। वह राजा खनित्र से मन-ही-मन ईर्ष्या करता था और उनका अहित करने का अवसर ढूँढ़ा करता था।

एक बार शौरि एकांत में बैठे हुए थे। उनके साथ विश्ववेदी भी था। उचित अवसर जानकर विश्ववेदी शब्दों में मिठास घोलते हुए बोला, "राजन्, आपकी कीर्ति दसों दिशाओं में फैली हुई है। देवताओं में देवराज इंद्र जिस प्रकार सुशोभित हैं, उसी प्रकार आप पृथ्वी के राजाओं में साक्षात् इंद्र के समान हैं। आपके बल, पराक्रम और बुद्धिमत्ता का लोहा शत्रु भी मानते हैं। यही कारण है कि आपके राज्य में सदा सुख-समृद्धि का वास है। यह आपके पुण्य कर्मों का ही फल है। परंतु राजन्, मुझे अभी भी आपके

यशोगान में कुछ कमी प्रतीत होती है।''

विश्ववेदी की बातें सुनकर शौरि आसमान में उड़ रहे थे। कमी की बात सुनकर वे विस्मित होकर बोले, ''कौन सी कमी, मंत्रिवर? कृपया अपनी बात स्पष्ट शब्दों में कहें।''

''राजन्! ईश्वर ने आपको अतुल्य बल और पराक्रम से युक्त किया है। आपके अंदर देवताओं के समान श्रेष्ठ गुण विद्यमान हैं। आपके समान तीनों लोकों को जीतने की योग्यता रखनेवाला संसार में दूसरा कौन है? अतः संपूर्ण पृथ्वी पर आपका ही एकच्छत्र राज्य होना चाहिए। इससे न सिर्फ तीनों लोकों में आपका यश और कीर्ति बढ़ेगी, वरन् आपकी गणना देवताओं में होगी। आपको इंद्र का मित्र बनने का सौभाग्य प्राप्त होगा। अतुल्य धन-संपदा, ऐश्वर्य और वैभव आपके चरणों में होंगे। इस कार्य में आप शेष भाइयों को अपने पक्ष में कर राजा खनित्र से राज्य लेकर अपने अधिकार में कर लें।''

विश्ववेदी की बातों ने शौरि की बुद्धि भ्रष्ट कर दी। उसने तीनों भाइयों को अपने पक्ष में कर लिया। विश्ववेदी दिव्य मंत्रों का ज्ञाता था। उसने तीन अन्य ब्राह्मणों के साथ मिलकर चार भयंकर शक्तियाँ उत्पन्न कीं तथा उन्हें राजा खनित्र के वध के लिए भेजा। चारों शक्तियाँ मुख से अग्नि उगलती हुई तथा हाथों में खड्ग लेकर खनित्र के पास पहुँचीं। लेकिन खनित्र भगवान् शिव के अनन्य भक्त थे। अतएव वे शक्तियाँ उनका अहित न कर सकीं और लौटकर उन्होंने विश्ववेदी सहित तीनों ब्राह्मणों को मार डाला।

खनित्र को जब इस घटना के बारे में पता चला तो उनका हृदय पीड़ा से भर उठा। वे स्वयं को ब्राह्मणों की हत्या का दोषी मानने लगे। उनका हृदय संसार से विरक्त हो गया। अंततः अपने पुत्र क्षुप को राज्य सौंपकर वे पत्नियों के साथ वन में चले गए। वहाँ कठोर तपस्या कर उन्होंने मोक्ष प्राप्त किया।

□

सफेद बाल

दक्ष प्रजापति के वंश में राज्यवर्धन नामक के एक प्रतापी राजा हुए। वे बड़े प्रजाप्रिय राजा थे। उन्होंने सात हजार वर्ष तक राज्य किया। उनकी पत्नी का नाम मानिनी था, जो राजा विदूरथ की पुत्री थी।

एक बार मानिनी राज्यवर्धन के बालों में तेल लगा रही थी। तभी उसके नेत्रों में जल भर आया और वह फूट-फूटकर रोने लगी। यह देखकर राज्यवर्धन विस्मित रह गए। वे प्रेम भरे स्वर में बोले, "प्रिये, तुम्हारी आँखों में आँसू? तुम्हारे इस प्रकार रोने का क्या कारण है? क्या जाने-अनजाने मुझसे कोई भूल हुई है अथवा किसी ने तुम्हारा अपमान किया है? कृपया स्पष्ट बताओ। मैं वचन देता हूँ कि तुम्हारे अपराधी को अवश्य दंडित करूँगा।"

मानिनी आँसू पोंछते हुए बोली, "स्वामी, संसार में ऐसा कौन दु:साहसी है, जो आपके होते हुए मेरा अपमान कर सके और न ही आपसे कोई भूल हुई है। आपके प्रेम की छाया में मैं पूर्णत: सुरक्षित और सम्माननीय हूँ। मेरे दु:ख का कारण तो आपके बालों में आनेवाली सफेदी है।" यह कहकर उसने राज्यवर्धन के सिर से एक सफेद बाल उखाड़ा और उन्हें पकड़ा दिया।

सफेद बाल देखकर राज्यवर्धन के होंठों पर मुसकराहट थिरक गई। वे मानिनी को बाँहों में भरकर बोले, "प्रिये, यौवन के बाद वृद्धावस्था का आगमन होता ही है। यह सृष्टि का नियम है। इसमें शोक करनेवाली कोई बात नहीं है। मैंने जीवन के प्रत्येक कर्तव्य का भली-भाँति पालन किया है। अनेक यज्ञ-हवनादि कर भरपूर दान-दक्षिणा दी है। सदैव ब्राह्मणों का सम्मान किया है। मेरे असंख्य पुत्र-पौत्र हैं; राज्य में चारों ओर

सुख–समृद्धि का वास है। जीवन के प्रत्येक क्षण का मैंने भरपूर उपभोग किया है। इतना कुछ होने के बाद अब मेरे मन में कोई इच्छा शेष नहीं है। इसलिए वृद्धावस्था का मुझ पर कोई प्रभाव नहीं पड़ेगा।''

चूँकि राज्यवर्धन समझ गए थे कि उनपर वृद्धावस्था का आगमन हो चुका है, अतएव उन्होंने वानप्रस्थाश्रम में प्रवेश करने का निश्चय कर लिया। उनके इस निर्णय से उनकी रानी, पुत्र, मंत्रिगण, सेनापति, प्रजाजन–सभी विस्मित रह गए। वे ऐसे परोपकारी, दयालु, धर्मप्रिय और नीतिवान् राजा से दूर नहीं होना चाहते थे। इसलिए उन्होंने राज्यवर्धन से अपना निर्णय त्यागने की प्रार्थना की।

तब राज्यवर्धन उन्हें समझाते हुए बोले, ''मान्यवरो! आपके स्नेह का मैं पूर्णतः सम्मान करता हूँ। परंतु मनुष्य का जीवन चार आश्रमों में विभक्त है। श्रेष्ठ मनुष्य वही है जो इन आश्रमों का विधिवत् पालन करता है। मैंने अनेक वर्षों तक निष्कंटक राज्य किया है, प्रजा की सेवा की है। परंतु अब मुझे अपने परलोक के बारे में भी सोचना है। इसके लिए मुझे वन में जाकर प्रभु–भक्ति में लीन होना है। वानप्रस्थाश्रम ही मेरे लिए

मोक्ष का मार्ग प्रशस्त करेगा।"

यद्यपि राज्यवर्धन ने सभी को समझा-बुझाकर लौटा दिया, तथापि वे किसी भी स्थिति में राज्यवर्धन को वन में जाने नहीं देना चाहते थे। अतएव सभी मिलकर भगवान् सूर्यदेव की उपासना करने लगे।

तीन माह तक निरंतर उपासना करने से भगवान् सूर्यदेव प्रसन्न हुए और साक्षात् प्रकट होकर वर माँगने के लिए कहा। ब्राह्मणों ने राज्यवर्धन और उनकी रानी मानिनी के लिए यौवन सहित दीर्घायु का वरदान माँगा। भगवान् सूर्यदेव ने उन्हें मनोवांछित वरदान दे दिया।

जब राज्यवर्धन को इस विषय में पता चला तो उन्होंने भी कामरूप पर्वत पर जाकर भगवान् सूर्य की उपासना की और अपनी प्रजा के लिए भी दीर्घायु का वरदान प्राप्त किया।

इस प्रकार राज्यवर्धन ने दस हजार वर्ष तक राज्य किया।

□

'सूर्य को रोक दूँगी'

प्रतिष्ठानपुर नगर में कौशिक नामक एक कोढ़ी व अपाहिज ब्राह्मण रहता था। वह बड़े क्रोधी स्वभाव का था। उसका विवाह मृदुला नामक स्त्री के साथ हुआ था। वह अत्यंत पतिव्रता और धार्मिक स्वभाव की महिला थी। कौशिक सदा उसे अपशब्द बोलता था। परंतु वह उसके कटु वचनों को अनसुना कर देती तथा निष्ठापूर्वक पति की सेवा किया करती थी। इसी प्रकार दिन व्यतीत हो रहे थे।

एक बार कौशिक घर के बाहर बैठा हुआ था। तभी वहाँ से एक सुंदर वेश्या निकली। उसे देखकर कौशिक मोहित हो गया। उसने मृदुला के समक्ष मन की इच्छा रखी, ''प्रिये, उस सुंदर वेश्या ने मेरा हृदय चुरा लिया है। मैं उसे चाहने लगा हूँ। तुम मुझे उसके पास ले चलो।''

मृदुला ने पति की इच्छा को सहर्ष स्वीकार किया। आधी रात हुई तो वह पति को कंधे पर बिठाकर वेश्या के घर की ओर चल दी।

राजमार्ग में एक शूली गड़ी हुई थी, जिसका प्रयोग चोरों-डाकुओं को दंडित करने के लिए किया जाता था। दैववश उस समय मांडव्य मुनि को चोरी के संदेह में शूली पर चढ़ाया गया था। मृदुला उनके पास से निकली तो कौशिक के स्पर्श से शूली हिल गई। शूली हिलते ही मुनि पीड़ा से भर उठे और क्रोधित होकर बोले, ''मैं शाप देता हूँ कि जिसने शूली हिलाकर मुझे भयंकर कष्ट पहुँचाया है, सूर्योदय के साथ ही उसके प्राण निकल जाएँ।''

मृदुला विस्मित होकर बोली, ''मुनिवर, आप इतने ज्ञानवान् होकर ऐसा अनर्थ कैसे कर सकते हैं? अनजाने में हुए कष्ट के लिए दंड का कोई विधान नहीं होता। मेरे पति

से यह कार्य अनजाने में हुआ है। अतएव आप अपना शाप वापस ले लें।''

तब तक मांडव्य मुनि का क्रोध शांत हो गया था। वे दु:खी होकर बोले, ''पुत्री! जैसे धनुष से निकला बाण नहीं लौटता, वैसे ही मेरा शाप भी लौटाया नहीं जा सकता। तुम्हारे पति को यह शाप अवश्य भोगना होगा। इसका जीवन केवल सूर्योदय तक ही है।''

मृदुला शांत स्वर में बोली, ''ठीक है, मुनिवर! यदि ऐसी बात है तो मैं सूर्य को रोक दूँगी। यदि मेरे सतीत्व में शक्ति है तो कल सूर्योदय नहीं होगा।'' यह कहकर वह पति को लेकर घर लौट आई।

मृदुला के सतीत्व में इतनी शक्ति थी कि सूर्य का मार्ग अवरुद्ध हो गया। इसके फलस्वरूप अनेक दिनों तक सूर्योदय नहीं हुआ। सृष्टि का नियम भंग होने से चारों ओर हाहाकार मच गया। ऐसी विकट स्थिति में केवल पतिव्रता स्त्री ही मृदुला को समझा सकती थी। अत: ब्रह्माजी के परामर्श से सभी देवता सती अनसूया के पास गए और उनसे सहायता की प्रार्थना की।

अनसूया उसी समय मृदुला के पास गईं और उसे समझाते हुए बोलीं, ''पुत्री! तुम्हारे सतीत्व की शक्ति ने प्रकृति के नियम को भी खंडित कर डाला है। सूर्य इस जगत् के पोषक हैं। यदि सूर्योदय नहीं हुआ तो संपूर्ण जगत् नष्ट हो जाएगा। इसलिए तुम उन्हें अपने सतीत्व की शक्ति से मुक्त कर दो।''

मृदुला हाथ जोड़कर बोली, ''माते! स्त्री के लिए उसके पति से बढ़कर दूसरा कोई नहीं होता। मैं पति के जीवन के बदले सूर्य को कदापि मुक्त नहीं कर सकती। इसलिए आप कोई उचित मार्ग सुझाएँ।''

अनसूया ने मृदुला को वचन दिया कि सूर्योदय के उपरांत वे कौशिक को पुनरुज्जीवित कर देंगी। मृदुला ने सूर्य को मुक्त कर दिया। अपने वचन के अनुसार सती अनसूया ने कौशिक को पुनरुज्जीवित कर उन्हें पूर्ण स्वस्थ कर दिया। इस प्रकार अपने सतीत्व के बल पर मृदुला ने सृष्टि को भी अपने सम्मुख नतमस्तक होने के लिए विवश कर दिया।

□

लौटा ज्ञान

याज्ञवल्क्य ऋषि बड़े तेजस्वी, ज्ञानवान् और दिव्य मंत्रों के ज्ञाता थे। वे मिथिला-नरेश जनक के पुरोहित थे तथा अपने गुरु के साथ उनके आश्रम में ही रहते थे। एक बार यज्ञ करते हुए उनके गुरु ने किसी मंत्र का गलत उच्चारण कर दिया। याज्ञवल्क्य भी वहाँ उपस्थित थे। उन्होंने नम्रतापूर्वक उन्हें उस त्रुटि के बारे में बताया।

लेकिन इस बात से उनके गुरु क्रोधित हो गए और उन्हें शाप देते हुए बोले, ''याज्ञवक्ल्य! तुम्हें अपनी विद्या का अहंकार हो गया है। इसलिए तुम मुझे ही सिखाने को तैयार हो गए। तुम्हारी यह धृष्टता कदापि क्षमा योग्य नहीं है। मैं तुम्हें शाप देता हूँ कि तुम्हें जिस ज्ञान पर इतना अहंकार है, इसी पल वह तुम्हें विस्मृत हो जाए।''

गुरु के शाप से याज्ञवल्क्य का संपूर्ण ज्ञान नष्ट हो गया। वे अत्यंत दुःखी हुए। उन्होंने उसी समय आश्रम त्याग दिया तथा तपस्या करने वन में चले गए। उन्होंने अनेक वर्षों तक कठोर तपस्या कर ब्रह्माजी को प्रसन्न किया और उनसे विनती करते हुए बोले, ''हे परमपिता! हे सृष्टि के रचयिता! भूत, वर्तमान और भविष्य आपके सेवक हैं। संसार की कोई बात आपसे छिपी नहीं है। आप भली-भाँति जानते होंगे कि मेरे गुरु ने मुझे शाप दिया है, जिसके कारण मैं अपना समस्त ज्ञान भूल गया हूँ। पितामह, ज्ञान मनुष्य की मुक्ति का एकमात्र साधन है। बिना ज्ञान के मनुष्य का जीवन व्यर्थ है। मैं स्वयं को बहुत असहाय महसूस कर रहा हूँ। भगवन्, यदि आप मेरी तपस्या से प्रसन्न हैं तो कृपया इस शाप से मेरा उद्धार करें।''

ब्रह्माजी बोले, ''वत्स, तुम्हारे कथन सर्वथा सत्य हैं। ज्ञान के बिना मनुष्य पशु समान होता है। ज्ञान ही मनुष्य को श्रेष्ठता के सर्वोच्च शिखर पर ले जाता है। परंतु वत्स,

तुम्हें मिले शाप का निदान मेरे हाथ में नहीं है। इसके लिए तुम्हें ज्ञान और विद्या की देवी सरस्वती की आराधना करनी चाहिए। केवल वे ही तुम्हें शाप-मुक्त कर सकती हैं। उनकी कृपा प्राप्त करके अज्ञानी मनुष्य भी परम ज्ञानवान् हो जाता है।''

''परंतु पितामह, मैं देवी सरस्वती की उपासना किस प्रकार करूँ? किस विधि से वे शीघ्र प्रसन्न होकर मुझे अपनी कृपा से धन्य करेंगी? कृपया इस विषय में मेरा मार्गदर्शन करें।'' याज्ञवल्क्य ने पुनः विनती की।

तब ब्रह्माजी के आदेश से भगवान् सूर्यदेव ने याज्ञवल्क्य मुनि को सरस्वती मंत्र एवं स्तोत्र का उपदेश दिया। याज्ञवल्क्य ने देवी सरस्वती की प्रतिमा स्थापित की तथा मंत्र का जाप करते हुए उनकी उपासना करने लगे।

उनकी पूजा-उपासना से देवी सरस्वती अत्यंत प्रसन्न हुईं और साक्षात् प्रकट होकर उन्हें वर माँगने के लिए कहा। याज्ञवल्क्य मुनि उनकी स्तुति करते हुए बोले, ''हे भक्त-वत्सल माते! हे ज्ञान की जननी! आप ही ज्ञान रूपी गंगा का उद्‍गम स्थल हैं। आपकी कृपा से मनुष्य ज्ञान रूपी अमृत का पान करते हैं। हे माते! गुरु के शाप के

कारण मेरी स्मरण-शक्ति और समस्त ज्ञान नष्ट हो गया है। माते, आप मुझ पर अपने ज्ञान रूपी प्रेम की वर्षा करें। मेरे शाप का निदान करके मुझे अपनी शरण में ले लें। मुझे अपने चरणों में स्थान प्रदान करें।''

सरस्वती बोलीं, ''वत्स, तुम्हारी निष्ठा और भक्ति से मैं अत्यंत प्रसन्न हूँ। मैं वरदान देती हूँ कि इसी क्षण तुम्हें तुम्हारा समस्त ज्ञान और विवेक प्राप्त हो जाए। तुम परम ज्ञानवान् होकर संसार में पूजनीय बनो।''

इस प्रकार माता सरस्वती के वरदान के फलस्वरूप याज्ञवल्क्य के शाप का अंत हो गया। वे पुनः ज्ञानवान् होकर संसार में महान् रचनाकार के रूप में विख्यात हुए।

□

बिना शक्ति सब सून

एक बार दैत्यगुरु शुक्राचार्य के परामर्श पर दैत्यों ने शक्ति एकत्रित की और देवलोक पर आक्रमण कर दिया। इंद्र के नेतृत्व में देवताओं ने उनका जमकर सामना किया। परंतु ब्रह्माजी से वरदान प्राप्त होने के कारण उन्हें पराजित करना देवताओं के लिए असंभव हो गया। वे प्राण बचाकर भाग खड़े हुए और स्वर्ग पर दैत्यों का अधिकार हो गया।

ऐसी विकट स्थिति में ब्रह्माजी के परामर्श से देवगण भगवान् विष्णु और शिवजी की शरण में गए। देवताओं की दुर्दशा देखकर श्रीविष्णु और शिव क्रोध से भर उठे। उन्होंने अस्त्र-शस्त्र धारण किए और दैत्यों से लोहा लेने जा पहुँचे। दोनों पक्षों में पुनः भयंकर युद्ध छिड़ गया। अनेक वर्ष बीत गए, लेकिन युद्ध का कोई परिणाम न निकला। तब भगवती गौरी ने अपना तेज शिव में तथा महालक्ष्मी ने अपना तेज श्रीविष्णु में स्थापित किया।

इसके फलस्वरूप श्रीविष्णु और शिव की शक्तियाँ आश्चर्यजनक रूप से बढ़ गईं। उन्होंने दुगुने वेग के साथ दैत्यों पर आक्रमण कर दिया और कुछ ही पलों में उन्हें काल का ग्रास बना दिया। चारों ओर उनकी जय-जयकार गूँज उठी। स्वर्ग पर पुनः देवताओं का अधिकार हो गया।

यद्यपि भगवती जगदंबा की शक्तियों के कारण दैत्य पराजित हुए थे, तथापि श्रीविष्णु व शिव इसे अपना पराक्रम समझने लगे। 'हमने अपने बल-पराक्रम से दैत्यों को पराजित किया है', ऐसा सोचकर वे गर्व से भर उठे। गर्व जब अहंकार में बदला तो वे भगवती जगदंबा की भी अवहेलना करने लगे।

अपना तिरस्कार देखकर महागौरी और महालक्ष्मी अत्यंत दुःखी होकर वहाँ से

अंतर्धान हो गईं। दोनों देवियों के अदृश्य होते ही तीनों लोक तेजहीन हो गए। ऐसा प्रतीत होने लगा मानो किसी ने प्राणों को खींचकर शरीर से अलग कर दिया हो। दोनों प्रधान देवता भी बल और तेज से हीन होकर साधारण मनुष्यों की भाँति हो गए। उन्होंने ब्रह्माजी से इसका उपाय करने के लिए कहा।

ब्रह्माजी ने ध्यान लगाया तो उन्हें सारी बात समझ में आ गई। तदनंतर उन्होंने अपने पुत्र दक्ष को बुलाया और उन्हें समझाते हुए बोले, ''वत्स, भगवती गौरी और महालक्ष्मी के अदृश्य हो जाने के कारण महादेव और श्रीविष्णु सहित तीनों लोक तेजहीन हो गए हैं। उन्हें पुनः तेजयुक्त करने के लिए दोनों देवियों का अवतरित होना आवश्यक है। इसलिए तुम कठोर तप द्वारा भगवती जगदंबा को प्रसन्न करो और उनसे अवतरित होने की प्रार्थना करो। दयालु भगवती जगदंबा तुम्हारी प्रार्थना अवश्य स्वीकार करेंगी।''

पिता की आज्ञा पाकर दक्ष हिमालय पर चले गए और कठोर तपस्या करने लगे। वे निरंतर भगवती के प्रिय मायाबीज मंत्र का जाप कर रहे थे। इस मंत्र के एक करोड़ जाप से भगवती जगदंबा प्रसन्न हो गईं। उन्होंने दक्ष को दर्शन दिए और वर माँगने के लिए कहा। दक्ष ने उनसे पुनः अवतरित होने की प्रार्थना की।

भगवती बोलीं, ''वत्स, तुम्हारी तपस्या से मैं अत्यंत प्रसन्न हूँ। मैं वरदान देती हूँ कि तुम्हारी इच्छा अवश्य पूर्ण होगी। श्रीविष्णु और शिव को उनकी शक्तियाँ पुनः प्राप्त हो जाएँगी। मैं स्वयं पुत्री रूप में तुम्हारे तथा क्षीरसागर के घर जन्म लूँगी। तदनंतर वे शक्तियाँ शिव और विष्णु के पास चली जाएँगी।''

इस वरदान के कारण भगवती जगदंबा ने दक्ष के घर सती के रूप में तथा क्षीरसागर के घर लक्ष्मी के रूप में जन्म लिया। बाद में सती का विवाह भगवान् शिव के साथ हुआ, जबकि समुद्र-मंथन के बाद लक्ष्मी ने श्रीविष्णु का वरण किया।

इस प्रकार भगवती गौरी और महालक्ष्मी का पुनः अवतरण हुआ।

□

हँसी का दंड

एक बार पृथ्वी पर हयग्रीव नामक अत्यंत भयंकर दैत्य हुआ। उसका मस्तक घोड़े का तथा धड़ दैत्य का था। उसने अनेक वर्षों तक कठोर तपस्या कर ब्रह्माजी से वरदान प्राप्त किया कि उसकी मृत्यु उसके हाथों हो, जो रंग, रूप, बल और आकार में बिलकुल उसी के समान हो; जो न तो मनुष्य हो और न ही पशु।

अकल्पनीय मृत्यु का वरदान पाकर हयग्रीव का दुःसाहस बढ़ गया। उसने दैत्यों की सेना एकत्रित की और स्वर्ग पर आक्रमण कर दिया। शीघ्र ही देवताओं और दैत्यों में भयंकर युद्ध छिड़ गया। यह युद्ध दस हजार वर्षों तक निरंतर चलता रहा।

अंत में भगवान् विष्णु ने हयग्रीव अवतार धारण कर दैत्य हयग्रीव का अंत कर दिया। इस अवतार में श्रीविष्णु का धड़ मनुष्य का था, जबकि मस्तक घोड़े का। हयग्रीव का वध करने के बाद जब वे विष्णुलोक पहुँचे तो उनके मस्तक को देखकर दैववश देवी लक्ष्मी को हँसी आ गई।

इससे भगवान् विष्णु क्रोधित हो गए और शाप देते हुए बोले, ''हे लक्ष्मी! तुमने मेरे जिस रूप का अपमान किया है, तुम भी उस रूप को धारण करोगी।''

शाप मिलने से देवी लक्ष्मी अत्यंत दुःखी हुईं और अपनी मुक्ति का उपाय पूछने लगीं। तब श्रीविष्णु बोले, ''हे देवी! अश्वी बनने के बाद जब तुम मेरे तेज से एक पुत्र को जन्म दोगी, उसी क्षण तुम शापमुक्त होकर पुनः बैकुंठ लोक लौट आओगी।''

लक्ष्मी ने भगवान् विष्णु को प्रणाम किया और पृथ्वी लोक पर आ गईं। यहाँ अश्वी रूप में भ्रमण करते हुए वे सुपर्णाक्ष नामक स्थान पर पहुँचीं। पेड़-पौधों से युक्त इस सुंदर स्थान ने उन्हें मोहित कर दिया। वे वहीं रहकर भगवान् शिव को प्रसन्न करने के लिए

तपस्या करने लगीं।

अनेक वर्ष बीत गए। उन्होंने अन्न-जल त्याग दिया और एक पैर पर खड़े होकर 'ॐ नमः शिवाय' का जाप करने लगीं। अंततः भगवान् शिव प्रसन्न हुए और उनसे मनोवांछित वर माँगने के लिए कहा।

देवी लक्ष्मी बोलीं, "भगवन्! श्रीविष्णु द्वारा दिए गए शाप के कारण मैं अश्वी रूप में यहाँ निवास कर रही हूँ। जब मैं उनके तेज से एक पुत्र को जन्म दूँगी, तभी इस शाप से मेरी मुक्ति संभव है। परंतु मैं यहाँ पृथ्वी पर हूँ, जबकि वे बैकुंठ में विराजमान हैं। आप मुझे वर प्रदान करें कि वे शीघ्र ही मेरी मनोकामना पूर्ण करने हेतु अश्व रूप में यहाँ प्रकट हों।"

"तथास्तु! हे देवी! आपकी मनोकामना अवश्य पूर्ण होगी। श्रीविष्णु अश्व-रूप धारण कर आपको शापमुक्त करेंगे।" यह कहकर भगवान् शिव कैलास लौट आए।

तदंतर उन्होंने अपने दूत चित्ररूप को भगवान् विष्णु के पास भेजकर उन्हें देवी लक्ष्मी की तपस्या और दिए गए वर के बारे में बताया। तब श्रीविष्णु ने अश्व-रूप धारण कर लक्ष्मी के साथ समागम किया। इसके फलस्वरूप वे गर्भवती हो गईं। उचित समय आने पर उन्होंने एक सुंदर पुत्र को जन्म दिया। बाद में उसका नाम 'एकवीर' पड़ा।

तत्पश्चात् वे शापमुक्त होकर पुनः बैकुंठ लोक लौट आईं।

□

आधी उम्र का दान

एक बार गंधार्वराज विश्वावसु नदी-तट पर टहल रहे थे। तभी वहाँ मेनका नामक अप्सरा भ्रमण करते हुए आ निकली। उसने उन्हें को देखा तो उसके हृदय में प्रेम के अंकुर फूट उठे। उसने गंधर्वराज को प्रणाम किया और मन की इच्छा बताते हुए बोली, ''हे गंधर्वराज! आपके तेजयुक्त व्यक्तित्व ने मुझे मोहित कर दिया है। यदि आप कुछ दिन मेरे साथ बिताने को सहमत हो जाएँ तो मेरा जीवन धन्य हो जाए।''

विश्वावसु भी मेनका के सौंदर्य से अत्यंत प्रभावित थे। उसकी मनमोहक अदाएँ उनके मन में काम का संचार कर रही थीं। अत: बोले, ''सुंदरी, तुम्हारे सौंदर्य और मधुर वाणी ने मुझे मोहित कर दिया है। मैं तुम्हारी इच्छा अवश्य पूर्ण करना चाहता हूँ। परंतु मेरी एक शर्त है कि हमारे मिलन से उत्पन्न संतान के पालन-पोषण का भार मैं स्वीकार नहीं करूँगा।''

काम से पीड़ित मेनका ने शर्त स्वीकार कर ली और विश्वावसु के साथ उनकी कुटिया में रहने लगी।

कुछ दिनों बाद मेनका गर्भवती हो गई। उचित समय आने पर उसने एक कन्या को जन्म दिया। शर्त के अनुसार मेनका ने विश्वावसु से विदा ली और कन्या को स्थूलकेश ऋषि के आश्रम के पास छोड़ आई। आश्रम के निकट एक नवजात कन्या का रुदन सुनकर वे विस्मित रह गए और शीघ्रता से उसके पास पहुँचे। उन्होंने कन्या को गोद में उठा लिया। तदनंतर ईश्वर की भेंट समझकर वे उसे आश्रम में ले आए तथा पुत्री के समान उसका पालन-पोषण करने लगे। उन्होंने कन्या का नाम 'प्रमद्वरा' रखा।

प्रमद्वरा अत्यंत सहनशील, सुंदर, मीठा बोलनेवाली तथा श्रेष्ठ गुणों से युक्त थी।

युवा होने पर स्थूलकेश को उसके विवाह की चिंता सताने लगी। एक दिन वे किसी कारणवश प्रमति मुनि के आश्रम में गए। वहाँ उनकी भेंट प्रमति मुनि के पुत्र रुरु से हुई। रुरु बड़े तपस्वी, तेजस्वी, ज्ञानवान् तथा विद्वान् थे। उनकी विद्वत्ता से स्थूलकेश अत्यंत प्रभावित हुए। उन्होंने उसी समय प्रमति मुनि के समक्ष प्रमद्वरा और रुरु के विवाह का प्रस्ताव रखा, जिसे उन्होंने सहर्ष स्वीकार कर लिया। इस प्रकार प्रमद्वरा और रुरु का विवाह संबंध निश्चित हो गया।

दैववश विवाह से कुछ दिन पूर्व एक सर्प के डसने से प्रमद्वरा की मृत्यु हो गई। रुरु को जब प्रमद्वरा की मृत्यु का समाचार मिला तो वे भी प्राण त्यागने को उद्यत हो गए। उन्होंने लकड़ियाँ एकत्रित कर चिता तैयार की और उसमें प्रवेश करने लगे। तभी सहसा वहाँ धर्मराज प्रकट हो गए।

धर्मराज उन्हें रोकते हुए बोले, "हे मुनिकुमार! इस प्रकार जीवन का अंत करना आप जैसे परम तपस्वी के लिए उचित नहीं है। संसार में जीवन-मृत्यु का चक्र सदैव चलता रहता है। सृष्टि का नियम है कि जो जनमा है वह एक दिन काल का ग्रास अवश्य बन जाएगा। इस नियम का उल्लंघन स्वयं सृष्टि के रचयिता ब्रह्माजी भी नहीं कर सकते। इसलिए आप शोक त्यागकर धैर्य से काम लें।"

परंतु रुरु मुनि पर यमराज के समझाने का कोई असर नहीं हुआ। वे अपने निश्चय पर अटल रहे। तब धर्मराज बोले, "हे मुनिकुमार! मैं प्रमद्वरा को पुनः जीवित कर सकता हूँ। परंतु इसके लिए आपको अपनी आयु का आधा भाग प्रदान करना पड़ेगा।"

रुरु इसके लिए सहर्ष तैयार हो गए। धर्मराज ने रुरु की आधी आयु लेकर प्रमद्वरा को जीवित कर दिया। तदनंतर निश्चित मुहूर्त पर रुरु ने प्रमद्वरा के साथ विवाह कर लिया और सुखपूर्वक जीवन व्यतीत करने लगे।

□

महर्षि कण्व को वरदान

अत्रि, पराशर, पुलस्त्य, गौतम, विश्वामित्र, वसिष्ठ, जमदग्नि आदि ऋषि-मुनियों के समान महर्षि कण्व भी अत्यंत तपस्वी और तेजस्वी ऋषि थे। वेदों, पुराणों और अन्य धार्मिक शास्त्रों का उन्हें गूढ़-से-गूढ़ रहस्य ज्ञात था। मंत्र और स्तोत्र उनकी जिह्वा पर सदैव विराजमान रहते थे। उनके ज्ञान का प्रकाश पृथ्वी के कोने-कोने को प्रकाशित करता था। उनकी विद्वत्ता की तुलना देवगुरु बृहस्पति से की जाती थी।

इतना सबकुछ होते हुए भी महर्षि कण्व सदाचारी जीवन में विश्वास रखते थे। वे न तो संग्रह करते थे और न ही उन्हें किसी से कुछ माँगने की आदत थी। वे सदैव ईश्वर-भक्ति में लीन रहते और जो रूखा-सूखा मिलता, उसी में संतुष्ट रहते थे।

एक बार अनेक दिनों तक उन्हें खाने के लिए कुछ न मिला। भूख की अधिकता से उनका पेट सिकुड़ गया। परंतु फिर भी प्रभु-भजन गाते हुए वे भ्रमण करते रहे। भ्रमण करते-करते वे महर्षि गौतम के आश्रम में पहुँचे। गौतम ने उनका यथोचित सत्कार किया और उन्हें भोजन के लिए आमंत्रित किया।

कण्व ने उनका आमंत्रण स्वीकार कर लिया। वे हाथ-मुँह धोकर भोजन करने बैठे। सहसा उन्हें एक मुनिकुमार का स्वर सुनाई दिया, जो दूसरे मुनिकुमार को हँसते हुए कह रहा था, "कण्व मुनि महर्षि गौतम के समान ही परम विद्वान् और तपस्वी हैं। दोनों ही सभी के लिए समान रूप से पूजनीय हैं। परंतु समय का चक्र देखिए, एक महर्षि दूसरे महर्षि के पास याचक के रूप में बैठा है।"

मुनिकुमार का कथन सुनकर महर्षि कण्व सोचने लगे, 'निस्संदेह मैं और गौतम मुनि समान रूप से तपोनिष्ठ हैं। इस प्रकार हम दोनों एक समान हुए। ऐसी स्थिति में बराबरवाले

के पास याचना करना उचित नहीं है। मुझे गौतमी गंगा के पास जाना चाहिए। केवल वे ही मुझे भोजन और धन प्रदान कर सकती हैं।'

यह सोचकर वे उसी समय बिना भोजन किए उठ खड़े हुए। यद्यपि भूख से उनके प्राण मुँह को आ रहे थे, तथापि इस दशा में भी उन्हें केवल गौतमी गंगा पर ही विश्वास था।

वे गौतमी गंगा के तट पर आए और स्नान कर स्तुति करते हुए बोले, "हे गंगे! आप पापियों के पाप नष्ट करनेवाली हैं। आपकी शरण में आया कोई भी प्राणी निराश नहीं लौटता। आपके दर्शन मात्र से ही मनुष्य की समस्त मनोकामनाएँ पूर्ण हो जाती हैं। हे माते! प्रकट हों।"

तदंतर उन्होंने भक्तिभाव से ओतप्रोत होकर क्षुधा देवी की स्तुति की।

अंततः उनकी स्तुति से प्रसन्न होकर देवी गंगा और क्षुधा देवी साक्षात् प्रकट हुईं। उन्होंने कण्व मुनि से वर माँगने को कहा। तब वे सर्वप्रथम देवी गंगा से बोले, "हे भक्त-वत्सल माँ! आपकी शरण में आया प्राणी समस्त दुःखों से मुक्ति पा जाता है। उसकी सभी मनोकामनाएँ पूर्ण होती हैं। हे माते! आप मुझे धन-धान्य, वैभव, आयु एवं मोक्ष प्रदान करें।"

फिर वे क्षुधा देवी से बोले, "माते, आपकी दृष्टि मनुष्य के सभी सुखों और ऐश्वर्यों का नाश कर देती है। इसलिए आपकी दृष्टि मेरे और मेरे वंशजों पर कभी न पड़े। जो मनुष्य श्रद्धापूर्वक गौतमी गंगा और आपकी उपासना करें, वे दरिद्रता और मलिनता से सदा के लिए मुक्त हो जाएँ।"

दोनों देवियों ने महर्षि कण्व को मनोवांछित वरदान प्रदान कर दिए। तभी से वह परम पावन स्थान गंगा तीर्थ, क्षुधा तीर्थ और कण्व तीर्थ के नाम से प्रसिद्ध हुआ। इस तीर्थ पर आनेवाले मनुष्य दरिद्रता से मुक्त होकर वैभव और ऐश्वर्य भोगते हुए मोक्ष प्राप्त करते हैं।

□

गौतमी गंगा

विभिन्न धर्मग्रंथों के अनुसार पृथ्वी पर गंगा का अवतरण इक्ष्वाकु राजा भगीरथ द्वारा हुआ। पूर्वजों के उद्धार के लिए उन्होंने हजारों वर्षों तक कठोर तपस्या की। तदनंतर वे गंगा को पृथ्वी पर लाने में सफल हुए। परंतु उपनिषदों में वर्णित एक कथा के अनुसार उत्तर भारत में गंगा के अवतरण से पूर्व दक्षिण भारत में गंगा का अवतरण हो चुका था। गंगा का यह रूप 'गोदावरी' के नाम से प्रसिद्ध हुआ। इन्हें पृथ्वी पर लाने का श्रेय महर्षि गौतम को दिया जाता है। इस कथा के अनुसार–

एक समय की बात है, महर्षि गौतम भगवान् शिव के दर्शन की इच्छा लिये कैलास पर्वत पर पहुँचे और वहाँ कुशा बिछाकर कठोर तपस्या करने लगे। जब तपस्या करते हुए उन्हें अनेक वर्ष बीत गए, तब भगवान् महादेव ने उन्हें साक्षात् दर्शन दिए। गौतम मुनि उनकी स्तुति करते हुए बोले, "हे भोलेनाथ! हे कालजेय! हे शिवशंकर! आप भक्तों की समस्त इच्छाएँ पूर्ण करनेवाले हैं। आप ही श्रेष्ठ गुणों से युक्त होकर विराट् स्वरूप धारण करते हैं। सृष्टि के आरंभ में शाश्वत 'ओइम्' में

आपका ही स्वरूप दृष्टिगोचर होता है। आप ही सृष्टि के पालनहार और संहारक हैं। भगवन्! वेद, पुराण तथा अन्य समस्त धार्मिक शास्त्र आपसे ही उत्पन्न हुए हैं। वे आपके परब्रह्म स्वरूप का चिंतन करते हैं। यह संपूर्ण सृष्टि आपकी माया द्वारा संचालित है। यहाँ उत्पन्न होनेवाले प्राणी आपके अंशरूप होकर आप में ही विलीन हो जाते हैं। हे परब्रह्म! आपके श्रीचरणों में मुझ सेवक का बारंबार प्रणाम!''

तब शिव बोले, ''हे महर्षि! मैं आपकी स्तुति से अत्यंत प्रसन्न हूँ। माँगो, क्या वर चाहिए? जो भी इच्छा हो, निस्संकोच कहो।''

गौतम मुनि बोले, ''भगवन्, आपकी विशाल जटाओं में देवी गंगा का वास है। यदि आप प्रसन्न हैं तो इसकी एक धारा ब्रह्मगिरि पर्वत पर छोड़ दें। आपकी जटाओं से निकली गंगा की यह धारा पापियों के पापों का नाश करें। इसकी उत्पत्ति से लेकर समुद्र में मिलने तक का संपूर्ण क्षेत्र परम पावन और पूजनीय हो जाए। इसके किनारों पर सहस्रों तीर्थों की स्थापना हो, जिनके दर्शन मात्र से प्राणियों की संपूर्ण इच्छाएँ पूर्ण हों। इसके पवित्र जल में स्नान करनेवाले ब्रह्म-हत्या जैसे घोर पाप से भी सहज ही मुक्त हो जाएँ। इसके स्मरण मात्र से ही प्राणियों को सहस्रों तीर्थों के दर्शन का फल प्राप्त हो जाए। आप स्वयं इसके संपूर्ण क्षेत्र में विराजमान होकर भक्तों को मनोवांछित फल के साथ मोक्ष प्रदान करें।''

''तथास्तु! महर्षि, गंगा की यह धारा 'गौतमी गंगा' के नाम से प्रसिद्ध होगी। कुछ लोग इसे गोदावरी के नाम से भी जानेंगे। इसका पवित्र जल पापनाशक तथा मोक्षप्रदायक होगा। इसके दर्शन मात्र से मनुष्यों के सभी शोक नष्ट हो जाएँगे। उनके घर में सदैव ऐश्वर्य और वैभव का वास होगा।''

तदंतर भगवान् शिव ने गौतम मुनि को जटा सहित गंगा प्रदान की।

गौतम मुनि तथा विभिन्न देवताओं से घिरी देवी गंगा ब्रह्मगिरि पर आईं। तब वे सभी उनकी स्तुति करते हुए बोले, ''हे माते! पृथ्वी पर आपका आगमन प्राणियों के उद्धार के लिए हुआ है। आप सभी की कामनाएँ पूर्ण करनेवाली तथा मोक्षप्रदायक देवी हैं। कृपया यहाँ से प्रवाहित होकर सृष्टि का कल्याण करें।''

तभी से दक्षिण भारत में गंगा ब्रह्मगिरि से होकर समुद्र की ओर बहने लगीं। गंगा का यह रूप 'गोदावरी' के नाम से प्रसिद्ध हुआ।

□

महाबली सहस्त्रार्जुन

हैहयवंशी राजा कृतवीर्य बड़े वीर, पराक्रमी और धर्मप्रिय राजा थे। उनके राज्य में सुख-समृद्धि का वास था। उनके वैभव की तुलना इंद्र के वैभव से की जाती थी। उनका कार्तवीर्य अर्जुन नाम का एक सुंदर और वीर पुत्र था। पिता के समान कार्तवीर्य भी परम शक्तिशाली, प्रजाप्रिय और नीतिवान् था।

अनेक वर्षों तक राज्य भोगने के बाद कृतवीर्य परलोक सिधारे। तब मंत्रियों और प्रजाजन की इच्छा को देखते हुए महर्षि गर्ग ने कार्तवीर्य को सिंहासन पर आसीन होकर राज्य का कार्यभार सँभालने के लिए कहा। परंतु कार्तवीर्य विनम्र स्वर में बोले, ''मुनिवर, राजवंश की परंपरा के अनुसार पिता की मृत्यु के बाद सिंहासन पर उसके पुत्र का अधिकार होता है। वह ही सिंहासन पर आरूढ़ होकर राजा के दायित्वों को पूर्ण करता है। इस दृष्टि से आपका परामर्श उपयुक्त है। परंतु महर्षि! बल, शौर्य और पराक्रम से युक्त होने के बाद भी मैं सिंहासन के लिए अयोग्य हूँ। इसलिए मैं अपना राज्याभिषेक नहीं करवा सकता।''

कार्तवीर्य की बात सुनकर महर्षि गर्ग विस्मित रह गए। पुनः बोले, ''युवराज, आप कैसी बातें कर रहे हैं? संसार में आपके समान श्रेष्ठ, तेजस्वी और पराक्रमी दूसरा कौन है? आपकी योग्यता जग-जाहिर है। फिर किस आधार पर आप स्वयं को अयोग्य मान रहे हैं। मेरी दृष्टि में इस सिंहासन पर केवल आपका ही अधिकार है।''

''मुनिवर, राजा का कर्तव्य प्रजा का पालन एवं रक्षा करना है। वह इसी कार्य हेतु सिंहासन पर आसीन होता है। परंतु उसके स्थान पर यह कार्य उसके अधीन रहनेवाले मंत्रिगण, सेनापति तथा अन्य कर्मचारी पूर्ण करते हैं। ऐसे में राजा अपने कर्तव्य का उचित

प्रकार से पालन न करने के कारण घोर नरक का भागी बनता है। मैं भी इस राज-कर्तव्य को अकेले पूर्ण नहीं कर सकता। इसलिए मैं स्वयं को इस पद के अयोग्य मानता हूँ।"

"वत्स, निस्संदेह तुम्हारा विचार अति उत्तम है और मैं इससे पूर्णतः सहमत हूँ। परंतु वत्स, राज्य में ऐसा कोई नहीं है, जो इस योग्यता के साथ सिंहासन पर आसीन हो सके। सिंहासन के रिक्त रहने पर राज्य में चारों ओर अधर्म और अव्यवस्था फैल जाएगी। इसलिए तुम ही दायित्व को सहर्ष स्वीकार करो। यदि फिर भी इसमें कोई संकोच हो तो तुम मुनि दत्तात्रेयजी की शरण में जाओ। वे निकट के वन में निवास करते हैं। वे तुम्हारा उचित मार्गदर्शन करेंगे।"

मुनि दत्तात्रेयजी त्रिदेव-ब्रह्मा, विष्णु और शिव के अंश से उत्पन्न हुए थे। उनका स्थान देवों में सर्वोपरि माना गया है। वे वन में आश्रम बनाकर निरंतर जप-तप में लीन रहते थे। महर्षि गर्ग के परामर्श से कार्तवीर्य उनकी शरण में गए तथा अपने मधुर वचनों से उन्हें प्रसन्न कर लिया। दत्तात्रेयजी ने कार्तवीर्य से मनोवांछित वर माँगने के लिए कहा।

तब कार्तवीर्य बोले, "भगवन्, वरस्वरूप आप मुझे ऐसी शक्ति प्रदान करें, जिससे

मेरी एक हजार भुजाएँ हो जाएँ तथा उनका भार मेरे शरीर पर न पड़े। मैं अकेले ही प्रजा का पालन और उसकी रक्षा करने में समर्थ हो जाऊँ; दूसरे मनुष्यों के मन की कोई भी बात मुझसे छिपी न रहे; तीनों लोकों में वायु के समान भ्रमण कर सकूँ; अतुल्य दान-दक्षिणा देने के बाद भी मेरे धन में कभी कमी न हो; मेरा मन-मस्तिष्क कभी भी कुमार्ग की ओर अग्रसर न हो। साथ ही मुझे वरदान दें कि मेरी मृत्यु किसी श्रेष्ठ मनुष्य द्वारा ही संभव हो।''

'तथास्तु' कहकर भगवान् दत्तात्रेयजी ने कार्तवीर्य की समस्त इच्छाएँ पूर्ण कर दीं। एक हजार भुजाएँ होने के कारण कार्तवीर्य का एक नाम 'सहस्रार्जुन' भी हुआ।

कुछ दिनों के बाद एक विशाल उत्सव का आयोजन कर कार्तवीर्य का राज्याभिषेक किया गया। तदनंतर वे स्वयं प्रजा का पालन करने लगे। उनके राज्य में किसी को भी अस्त्र-शस्त्र धारण करने की आवश्यकता न रही। सभी सुखपूर्वक जीवनयापन करने लगे।

□

रजि बने इंद्र

दैत्यों और देवताओं की परस्पर शत्रुता सृष्टि के आरंभ से ही विद्यमान है। स्वभाव एवं गुण में प्रतिकूलता होने के कारण तथा तीनों लोकों पर अधिकार करने हेतु दोनों पक्षों में अनेक बार भयंकर युद्ध हुए। इसी तरह एक बार दैत्यों और देवताओं में भीषण युद्ध छिड़ गया। युद्ध में कभी देवताओं का पराक्रम दैत्यों को शक्तिहीन कर देता तो कभी दैत्य पुनः शक्ति एकत्रित कर देवताओं को विचलित कर देते। धीरे-धीरे हजारों वर्ष बीत गए। इसके फलस्वरूप संपूर्ण सृष्टि नष्ट होने लगी, चारों ओर हाहाकार मच गया। पृथ्वी पर अशांति, अव्यवस्था, अधर्म और पाप का राज्य स्थापित हो गया।

युद्ध का कोई परिणाम न निकलते देख दैत्य और देवगण ब्रह्माजी की शरण में पहुँचे और उनसे विनती करते हुए बोले, ''हे परमपिता! आप सृष्टि के रचयिता हैं। इसका कोई भी रहस्य आपसे छिपा नहीं है। भूत, वर्तमान और भविष्य आपके सेवक हैं। आपकी आज्ञा से सृष्टि रूपी सूर्य उदय और अस्त होता है। आप परम ज्ञानवान् और दयालु हैं। हे ब्रह्मदेव! दैत्य और देवगण अनेक वर्षों से परस्पर युद्ध कर रहे हैं। इस युद्ध में दोनों पक्षों के सहस्रों वीर योद्धा काल का ग्रास बन चुके हैं। परंतु इसका परिणाम स्पष्ट नहीं है। भगवन्, अब आप ही हमारा मार्गदर्शन करें। कृपया बताएँ कि इस युद्ध में कौन सा पक्ष विजयी होगा?''

ब्रह्माजी बोले, ''वत्स यद्यपि सृष्टि का रचयिता होने के कारण मैं भूत, वर्तमान और भविष्य के बारे में सबकुछ जानता हूँ। परंतु विधि के विधान का उल्लंघन मैं स्वयं भी

नहीं कर सकता। निस्संदेह इस युद्ध का परिणाम निश्चित है। परंतु इसके लिए तुम्हें रजि नामक राजा की सहायता लेनी पड़ेगी। रजि बड़े वीर, पराक्रमी और धर्मप्रिय हैं। आप दोनों उन्हें अपने पक्ष में युद्ध करने के लिए प्रेरित करें। वे जिसके पक्ष में युद्ध करेंगे, विजयश्री उसके कदम चूमेगी; उस पक्ष का तीनों लोकों पर अधिकार होगा।''

ब्रह्माजी की बात सुनकर दैत्य और देवता राजा रजि को अपने पक्ष में करने के लिए अधीर हो उठे। बिना विलंब किए वे उनके पास जा पहुँचे और उनसे अपने पक्ष में युद्ध करने की प्रार्थना की।

कुछ देर के लिए रजि सोच में पड़ गए। तदनंतर वे मुसकराते हुए बोले, ''वीरो, मैं युद्ध करने के लिए तैयार हूँ। परंतु मेरी एक शर्त है। मैं उसी पक्ष की ओर से युद्ध करूँगा, जो विजयी होने के बाद मुझे इंद्र-पद पर सुशोभित करेगा। यदि मेरी यह शर्त स्वीकार है तो मुझे युद्ध करने में कोई आपत्ति नहीं है।''

इंद्र ने बिना देर किए शर्त सहर्ष स्वीकार कर ली। इसके विपरीत दैत्य क्रोध में भरकर बोले, ''हम ब्रह्माजी के कहने पर तुम्हारे पास सहायता के लिए आए थे। परंतु

लगता है कि तुम इसे हमारी कमजोरी समझ बैठे। हम कल भी देवताओं को पराजित करने की शक्ति रखते थे और आज भी हम इन्हें अकेले ही पराजित कर सकते हैं। हमें तुम्हारी शर्त स्वीकार नहीं है। इंद्र-पद पर केवल दैत्यराज ही सुशोभित होंगे।''

दोनों पक्षों ने अपना निर्णय सुना दिया था। अंततः युद्ध में रजि ने देवताओं का नेतृत्व किया। उनके पराक्रम के समक्ष दैत्य पराजित हो गए और देवताओं का पुनः तीनों लोकों पर अधिकार हो गया।

अब शर्त के अनुसार इंद्र-पद पर रजि को सुशोभित होना था। ऐसी स्थिति में इंद्र उनसे विनयपूर्वक बोले, ''राजन्, आपने संरक्षक बनकर मेरे सहित देवताओं की प्राण-रक्षा की है। इसलिए मैं स्वयं को आपका पुत्र घोषित करता हूँ। इंद्र के पिता होने के कारण आज से आप भी 'इंद्र' कहलाएँगे।''

राजा रजि ने प्रसन्नतापूर्वक इंद्र की बात स्वीकार कर ली। इस प्रकार इंद्र के पिता कहलाने के कारण रजि भी इंद्र कहलाए।

□

पुनरुज्जीवन

राजा श्वेत की धर्मपरायणता, शूरवीरता, बुद्धिमत्ता और दानवीरता की कीर्ति दूर-दूर तक फैली हुई थी। पृथ्वी पर उनके समान प्रजाप्रिय और उत्तम गुणों से युक्त राजा दूसरा कोई नहीं था। उनकी नीतियाँ और कानून प्रजा की सुख-सुविधाओं को प्रोत्साहित करते थे। यही कारण था कि प्रजा भी उनसे बहुत प्रेम करती थी और उनकी दीर्घायु की कामना करती थी।

राजा श्वेत के राज्य में कपाल गौतम नामक एक परम तपस्वी ब्राह्मण रहता था। उस ब्राह्मण के घर में उसकी पत्नी के अतिरिक्त मात्र एक पुत्र था। अनेक वर्षों की साधना और प्रतीक्षा के बाद उसके घर बालक का जन्म हुआ था। इसलिए ब्राह्मण और ब्राह्मणी दोनों अपने पुत्र से अत्यंत प्रेम करते थे। उनके जीवन का यही एकमात्र सहारा था। पुत्र की विनोदप्रिय अठखेलियाँ देखकर दोनों असीमित सुख से सराबोर हो जाते थे।

परंतु ईश्वर की इच्छा कुछ और थी। एक दिन दैववश सर्प के काटने से गौतम का पुत्र काल का ग्रास बन गया।

उस समय वह मात्र दो वर्ष का था। पुत्र की आकस्मिक मृत्यु ने गौतम और उसकी पत्नी को विचलित कर दिया। वे विलाप करने लगे।

तभी भ्रमण करते हुए देवर्षि नारद वहाँ से निकले। गौतम और उनकी पत्नी का विलाप उनके कानों में पड़ा तो वे उत्सुकतावश उनकी कुटिया में आए। वहाँ का दृश्य देखकर उन्हें सारी बात समझते देर न लगी। तब वे गौतम से बोले, ''ब्राह्मणदेव! आप अविलंब राजा श्वेत की शरण में जाएँ। यदि वे चाहेंगे तो आपका पुत्र पुनः जीवित हो सकता है।''

गौतम ने पुत्र का शव उठाया और राजा के दरबार में जा पहुँचा। श्वेत ने ब्राह्मण से वहाँ आने का कारण पूछा। गौतम बोला, ''राजन्! प्रजा के दुःखों का नाश करना ही राजा का प्रमुख कर्तव्य होता है। इस कर्तव्य को पूर्ण करने के लिए वह बड़े-से-बड़ा त्याग करने से भी पीछे नहीं हटता। हे राजन्! मेरा पुत्र मेरे बुढ़ापे का एकमात्र सहारा था। इसकी मृत्यु ने मुझे व्यथित कर दिया है। अब आप मेरे इस दुःख का निवारण करके अपने कर्तव्य का निर्वाह करें। इसे आपके अतिरिक्त कोई जीवित नहीं कर सकता।''

''निश्चिंत रहें ब्राह्मणदेव! मैं प्रतिज्ञा करता हूँ कि यदि सात दिन के अंदर आपके पुत्र को जीवित न कर सका तो मैं स्वयं भी प्राण त्याग दूँगा।'' श्वेत ने गौतम ब्राह्मण को समझा-बुझाकर विदा किया।

तत्पश्चात् एक लाख नील-कमलों द्वारा महामृत्युंजय मंत्र का जाप करते हुए वे भगवान् शिव की उपासना करने लगे। ठीक सातवें दिन उनकी निस्स्वार्थ भक्ति और उपासना से प्रसन्न होकर भगवान् शिव साक्षात् प्रकट हुए और वर माँगने के लिए कहा।

श्वेत बोले, ''हे भगवन्! यदि आप मेरी भक्ति से प्रसन्न हैं तो ब्राह्मण के पुत्र को पुनरुज्जीवित कर उसे दीर्घायु प्रदान करें। इसके अतिरिक्त मेरी कोई इच्छा नहीं है।''

भगवान् शिव ने ब्राह्मण के पुत्र को पुनरुज्जीवित कर दिया और उसे सौ वर्ष की आयु प्रदान की। इस प्रकार श्वेत की निष्ठा और भक्ति ने काल को भी परास्त कर दिया।

इन्हीं राजा श्वेत ने जगन्नाथ पुरी में श्वेतमाधव की प्रतिमा स्थापित कर भगवान् विष्णु की आराधना की थी। यह स्थान 'श्वेतगंगा' के नाम से प्रसिद्ध हुआ। श्वेत की भक्ति से प्रसन्न होकर भगवान् विष्णु ने उन्हें साक्षात् दर्शन दिए और मोक्ष प्रदान किया। □

वरदान

हैहयवंशी राजा कार्तवीर्य अत्यंत वीर, नीतिवान्, धर्मात्मा और प्रजाप्रिय थे। भगवान् दत्तात्रेय ने उन्हें एक सहस्र भुजाएँ प्रदान की थीं। उनकी सहायता से कार्तवीर्य अपने राज्य और प्रजा की स्वयं ही रक्षा करते थे। उनके पराक्रम के कारण ही राज्य में किसी को अस्त्र-शस्त्र धारण करने की कभी आवश्यकता नहीं हुई। अनेक वर्षों तक धर्मपूर्वक राज करने के बाद अंत में वे मोक्ष के अधिकारी बने।

कार्तवीर्य की मृत्यु के बाद हैहयवंश में कोई ऐसा योग्य क्षत्रिय नहीं था, जो सिंहासन पर आसीन होकर राज्य के कार्य को सुचारु एवं व्यवस्थित रूप से चला सके। इसके फलस्वरूप धीरे-धीरे उनका धन एवं वैभव समाप्त हो गए। निर्धनता और दरिद्रता ने उनके राज्य में पैर पसार लिये।

एक बार राज्य में भीषण अकाल पड़ा। प्रजा के लिए अन्न एवं आवश्यक वस्तुएँ जुटाने हेतु हैहयवंशी क्षत्रियों को धन की आवश्यकता पड़ी। ऐसी स्थिति में वे भृगुवंशी ब्राह्मणों के पास गए और उनसे सहायता की प्रार्थना की। परंतु उन लोभी ब्राह्मणों ने उन्हें यह कहकर मना कर दिया कि 'भिक्षा माँगकर जीवनयापन करनेवाले ब्राह्मणों के पास धन भला कहाँ से आएगा!' हैहयवंशी निराश होकर लौट गए।

लेकिन गुप्तचरों ने सूचना दी कि उन ब्राह्मणों के पास धन का अथाह भंडार है, जिसे उन्होंने आश्रम की जमीन में दबाकर छिपा रखा है। हैहयवंशी क्षत्रिय उसी समय वहाँ गए और ज़मीन खोदकर सारा धन निकाल लिया। ब्राह्मणों के झूठ का पता लगते ही हैहयवंशी क्षत्रिय क्रोध से भर उठे। उन्होंने उसी समय तलवारें निकाल लीं और भृगुवंशी ब्राह्मणों पर टूट पड़े। देखते-ही-देखते अनेक ब्राह्मणों को काल का ग्रास बना

दिया। जो ब्राह्मण प्राण बचाकर भाग गए थे, उन्होंने वनों एवं कंदराओं में शरण ली।

'संपूर्ण पृथ्वी को वे भृगुवंश से रिक्त कर देंगे', यह निश्चय कर हैहयवंशी ढूँढ़-ढूँढ़कर भृगुवंशी ब्राह्मणों को मारने लगे। कुछ महीनों में ही उन्होंने लगभग संपूर्ण भृगुवंश का संहार कर डाला। अब केवल भृगुवंश की स्त्रियाँ बची थीं। वे हिमालय पर्वत पर चली गईं और वहीं आश्रम बनाकर भगवती जगदंबा की आराधना करने लगीं। उन स्त्रियों में एक ऐसी भी थी, जो गर्भवती थी। उसके गर्भ में भृगुवंश की एकमात्र आशा जीवित थी।

इधर हैहयवंशी क्षत्रियों को जब भृगुवंश की स्त्रियों के निवास-स्थान के बारे में पता चला तो वे उनका संहार करने के लिए वहाँ जा पहुँचे। उनकी तलवारें निर्दोष स्त्रियों पर काल बनकर टूट पड़ीं। हैहयवंशी क्षत्रियों ने गर्भवती स्त्री को घेर लिया। वे तलवार लेकर उसकी ओर बढ़े। यह देख गर्भवती स्त्री भय से काँपने लगी तथा अपने प्राणों की भिक्षा माँगने लगी। लेकिन अधर्मी हैहयवंशी क्षत्रियों ने उस स्त्री को बालों से पकड़कर

जमीन पर गिरा दिया। माता की यह दुर्दशा देख गर्भस्थ बालक क्रोध से भर उठा। वह भयंकर गर्जना करते हुए माता की सहायता हेतु जाँघ फाड़कर बाहर निकल आया।

क्रोध से उस बालक का अंग-अंग सूर्य की भाँति दहक उठा। उसके तेज से हैहयवंशी क्षत्रिय नेत्रहीन हो गए। वे समझ गए कि यह बालक इस स्त्री के सतीत्व का ही प्रतिरूप है। वे उस स्त्री और बालक से क्षमा माँगने लगे। परंतु वह बालक उन्हें भस्म करने को उद्यत था। तब वह स्त्री उससे बोली, ''वत्स, ब्राह्मण सदा से क्षमाशील रहे हैं। चाहे कितने भी कष्ट उठाने पड़ें, वे अपने धर्म से विमुख नहीं होते। इसलिए तुम भी इन्हें क्षमा कर दो। भगवती जगदंबा इन्हें इनके पापों का दंड स्वयं प्रदान करेंगी।''

माता के इस प्रकार समझाने पर बालक ने क्षमा कर उनकी नेत्र-ज्योति लौटा दी। हैहयवंशी क्षत्रिय लज्जित होकर लौट गए। तदनंतर वह स्त्री अपने पुत्र का पालन-पोषण करने लगी। बाद में इसी दिव्य बालक ने पुनः भृगुवंश को आगे बढ़ाया।

□

युक्ति काम न आई

दक्ष प्रजापति की पुत्री सती का विवाह भगवान् शिव के साथ हुआ। एक बार किसी कारणवश दक्ष भगवान् शिव से रुष्ट हो गए और उनका तिरस्कार करने लगे। उन्होंने एक विशाल यज्ञ का आयोजन किया, जिसमें शिवजी को छोड़कर सभी देवताओं एवं ऋषि-मुनियों को आमंत्रित किया। पति का यह अपमान देखकर सती के क्रोध का ठिकाना न रहा। उन्होंने यज्ञ-स्थान में जाकर अपने प्राण त्याग दिए।

सती की मृत्यु ने भगवान् शिव को व्यथित कर दिया। वे अवचेतन अवस्था में भटकने लगे। तदनंतर वे हिमालय के एक एकांत स्थान पर जाकर तपस्या करने लगे। वे योग द्वारा स्वयं को एकाग्र करके परब्रह्म भगवती के ध्यान में लीन हो गए।

उन्हीं दिनों पृथ्वी पर तारकासुर नामक एक अत्यंत भयंकर, क्रूर और शक्तिशाली दैत्य हुआ। उसने पृथ्वी पर आंतक मचा दिया। उसके अत्याचारों से चारों ओर हाहाकार मच गया। दैत्यगुरु शुक्राचार्य ने तारकासुर को ब्रह्माजी से अमरता का वरदान प्राप्त करने तथा तीनों लोकों पर अधिकार करने के लिए कहा। गुरु की आज्ञा मानकर उसने उसी दिन से कठोर तपस्या आरंभ कर दी।

अंततः ब्रह्माजी ने प्रकट होकर उससे वर माँगने के लिए कहा। तारकासुर बोला, ''हे परमपिता! मेरी तपस्या का एकमात्र उद्‌देश्य अमरता का वरदान प्राप्त करना है। यदि आप प्रसन्न हैं तो मुझे अमरता प्रदान करें। मेरी कभी मृत्यु न हो। संसार में मैं सदा के लिए अजेय-अमर हो जाऊँ।''

ब्रह्माजी बोले, ''वत्स, सृष्टि में जनमे प्राणी की मृत्यु निश्चित होती है। विधि के विधान को कोई बदल नहीं सकता। स्वयं मैं भी सृष्टि के अंत में काल के मुख में समा

जाता हूँ। इसलिए अमरता के स्थान पर तुम कोई और वरदान माँग लो।''

तारकासुर सोच में पड़ गया। बहुत सोच-विचार करने के बाद उसे भगवान् शिव का ध्यान आया। वह जानता था कि सती की मृत्यु से आहत भोलेनाथ गृहस्थ जीवन से विरक्त होकर तप में लीन हैं। उन्हें किसी भी तरह से पुनः गृहस्थ नहीं बनाया जा सकता। अतः वह बोला, ''भगवन्, मेरी मृत्यु भगवान् शिव के अंश से उत्पन्न पुत्र द्वारा ही संभव हो। मुझे केवल यही वरदान चाहिए।''

ब्रह्माजी ने उसे मनोवांछित वर दे दिया।

अब तो तारकासुर को रोकना असंभव हो गया। उसने दैत्यों की सेना एकत्रित की और देवताओं को पराजित कर स्वर्ग पर अधिकार कर लिया। उसके समक्ष बड़ी-से-बड़ी शक्ति भी क्षीण हो गई। तब हिमालय पर जाकर देवगण भगवती जगदंबा को पुकारने लगे। उनकी करुण पुकार सुनकर भक्त-वत्सल भगवती साक्षात् प्रकट हुईं और उन्हें सांत्वना देते हुए बोलीं, ''पुत्रो! मैं शीघ्र ही पर्वतराज हिमालय के घर अंशरूप में जन्म लूँगी। तदनंतर शिवजी से विवाह करके मैं एक पुत्र को जन्म दूँगी, जो तारकासुर का काल होगा।''

कुछ समय बाद हिमालय की पत्नी मैना ने एक पुत्री को जन्म दिया। हिमालय ने उसका नाम 'पार्वती' रखा। बाल्यकाल से ही पार्वती भगवान् शिव की निष्ठाभाव से पूजा-उपासना करती थीं। उन्होंने मन-ही-मन उन्हें अपना पति मान लिया था। युवा होने पर पार्वती ने कठोर तप कर शिवजी को पतिरूप में प्राप्त किया।

विवाह के बाद उन्होंने कार्त्तिकेय नामक एक वीर और तेजस्वी पुत्र को जन्म दिया। देवताओं ने कार्त्तिकेय को अपना सेनापति नियुक्त कर तारकासुर पर आक्रमण कर दिया। दोनों पक्षों में लंबे समय तक भयंकर युद्ध चलता रहा। अंत में कार्त्तिकेय ने अपने तीखे और विषैले बाणों से तारकासुर का अंत कर दिया। इस प्रकार स्वर्ग पर पुनः देवताओं का अधिकार हो गया, जबकि बचे हुए दैत्य प्राण बचाकर पाताल की ओर भाग गए।

□

उलटा पड़ा वरदान

सृष्टि के आरंभ में चारों ओर केवल जल-ही-जल था। उस समय केवल विराट् पुरुष ध्यानमग्न होकर शेषनाग पर विराजमान थे। ये विराट् पुरुष भगवान् विष्णु थे, जो नार (जल) में निवास करने के कारण 'नारायण' कहलाए। उस समय उनके कानों की मैल से दो भयंकर और विशालकाय दैत्य उत्पन्न हुए। उनका नाम मधु और कैटभ था। श्रीविष्णु के अंश से उत्पन्न होने के कारण मधु-कैटभ अत्यंत शक्तिशाली और दिव्य शक्तियों से युक्त थे। प्रकट होते ही उनकी दृष्टि आकाश में चमकते एक दिव्य पुंज पर गई। वह दिव्य पुंज परब्रह्म भगवती जगदंबा का स्वरूप था। उससे निकलनेवाली किरणें संपूर्ण ब्रह्मांड को आलोकित कर रही थीं।

इस दिव्य पुंज को देखकर मधु-कैटभ बड़े विस्मित हुए। वे एकटक देखते हुए उसका चिंतन करने लगे। इस प्रकार अनायास ही वे सहस्रों वर्षों तक भगवती जगदंबा के परब्रह्म स्वरूप का चिंतन करते रहे। अंततः उनकी इस निष्ठा से प्रसन्न होकर भगवती जगदंबा साक्षात् प्रकट हुईं और उनसे मनोवांछित वर माँगने के लिए कहा।

मधु-कैटभ बोले, "हे दिव्य स्वरूपधारिणी! हे देवी! यदि आप प्रसन्न हैं तो हमें इच्छा-मृत्यु का वर प्रदान करें। काल भी हमारी इच्छा के विरुद्ध हमारा अहित न कर सके।"

भक्त-वत्सल भगवती जगदंबा ने 'तथास्तु' कहकर दोनों दैत्यों को मनोवांछित वरदान दे दिया।

वर पाने के बाद मधु-कैटभ की उद्दंडता बढ़ गई। अब वे जल में विचरण करते हुए जलीय जीव-जंतुओं पर अत्याचार करने लगे। जब इससे मन भर गया तो वे किसी

ऐसे शक्तिशाली व्यक्ति को ढूँढ़ने लगे, जिसके साथ वे मल्लयुद्ध कर अपनी शक्ति का परीक्षण कर सकें।

एक दिन उनकी दृष्टि ब्रह्माजी पर पड़ी, जो कमल-पुष्प पर विराजमान थे। वे प्रसन्नता से भर उठे तथा उनके पास जाकर गरजते हुए बोले, "हे तपस्वी! यहाँ बैठकर तुम क्या कर रहे हो? हम मधु और कैटभ नामक दैत्य हैं। यदि साहस है तो हमसे मल्लयुद्ध करो, अन्यथा हमारी शरण में आ जाओ।"

दैत्यों की ललकार सुनकर ब्रह्माजी भयभीत हो गए। वे उसी क्षण भगवान् विष्णु के पास पहुँचे। उस समय श्रीविष्णु योगनिद्रा में लीन थे। ब्रह्माजी उनकी स्तुति करने लगे। शीघ्र ही वे योगनिद्रा से जाग गए। उन्होंने ब्रह्माजी से भयभीत होने का कारण पूछा। ब्रह्माजी ने मधु-कैटभ की उत्पत्ति और वरदान की सारी बात बता दी।

तभी दोनों दैत्य वहाँ आ पहुँचे। उन्होंने भगवान् विष्णु को युद्ध के लिए ललकारा। श्रीविष्णु आसन छोड़कर उठ खड़े हुए और दोनों दैत्यों के साथ मल्लयुद्ध करने लगे।

लेकिन अनेक प्रयत्न करने के बाद भी वे उनका संहार न कर सके। अंत में श्रीविष्णु ने भगवती जगदंबा का स्मरण किया। तब भगवती जगदंबा ने चारों ओर अपनी माया फैला दी, जिसके कारण मधु-कैटभ सम्मोहित हो गए। वे अहंकार में भरकर श्रीविष्णु से बोले, ''वीर, हम तुम्हारे पराक्रम से अत्यंत प्रसन्न हैं। माँगो, तुम्हें क्या वरदान चाहिए?''

श्रीविष्णु बोले, ''वरदान में तुम दोनों मेरे हाथों से मृत्यु स्वीकार करो।''

मधु-कैटभ ठगे से रह गए। वे अपने जाल में फँस चुके थे। फिर भी उन्होंने अंतिम प्रयास किया, ''ठीक है, लेकिन तुम्हें हमारा वध ऐसे स्थान पर करना होगा, जहाँ जल न हो।''

'चारों ओर जल-ही-जल है। ऐसे में विष्णु हमारा वध कैसे कर पाएगा', यह सोचकर वे मन-ही-मन प्रसन्न हो उठे। परंतु श्रीविष्णु ने अपनी विशाल जाँघ को जल से बाहर निकालकर उन्हें जलरहित स्थान दिखा दिया। तदनंतर उन्हें अपनी जाँघ पर लिटाकर श्रीविष्णु ने सुदर्शन चक्र से उनके मस्तक काट डाले।

कहा जाता है कि उस समय उन दैत्यों के शरीर से निकलनेवाले रक्त और मज्जा से ही पृथ्वी की रचना हुई। इसलिए पृथ्वी का एक नाम 'मेदिनी' पड़ गया।

□

देवी पार्वती

ऐश्वर्य, वैभव, बल और धन-धान्य से परिपूर्ण होने के बाद भी पर्वतराज हिमालय सदैव उदास और चिंतित रहते थे। यही स्थिति उनकी पत्नी मैना की भी थी। सबकुछ सहज प्राप्त होने के बाद भी अभी तक वे संतान-सुख से वंचित थे। दोनों को यही दुःख दिन-रात सताता रहता था।

एक दिन उनके महल में महर्षि कश्यप का आगमन हुआ। राजा हिमालय ने उनकी यथोचित आवभगत करके अपने दुःख-निवारण का उपाय पूछा। कश्यपजी ने उन्हें तप द्वारा ब्रह्माजी को प्रसन्न करने और उनसे वर माँगने के लिए कहा। हिमालय ने वन में जाकर कठोर तपस्या आरंभ कर दी।

अनेक वर्ष व्यतीत हो गए। हिमालय की कठोर तपस्या ने तीनों लोकों को विचलित कर दिया। उनके तप की ज्वालाएँ ब्रह्मलोक तक जा पहुँचीं। अंततः ब्रह्माजी प्रकट हुए और उनसे वर माँगने के लिए कहा।

हिमालय बोले, "पितामह आप सृष्टि के रचयिता हैं। संसार की कोई बात आपसे छिपी नहीं है। भूत, वर्तमान और भविष्य—तीनों आपके सेवक हैं। आप मेरी तपस्या के उद्देश्य को भली-भाँति जानते हैं। भगवन्, संतान-सुख की इच्छा ने ही मुझे कठोर तप करने के लिए विवश किया है। इसलिए आप वरस्वरूप मुझे श्रेष्ठ गुणों से युक्त संतान प्रदान करें।"

"तथास्तु! पर्वतराज, तुम व्यर्थ चिंता कर रहे हो। निस्संदेह संसार में तुम्हारे समान भाग्यवान् कोई दूसरा नहीं है। तुम्हें ऐसी संतान का पिता होने का गौरव प्राप्त होगा जिसके दर्शन मात्र के लिए हजारों ऋषि-मुनि अनेक वर्षों तक कठोर तपस्या करते हैं।

तुम्हारी संतान संसार में तुम्हारे नाम को सदा के लिए अमर कर देगी।''यह कहकर ब्रह्माजी अंतर्धान हो गए।

वरदानस्वरूप नियत समय पर हिमालय की पत्नी मैना ने एक सुंदर कन्या को जन्म दिया। पर्वतराज की पुत्री होने के कारण कन्या का नाम 'पार्वती' रखा गया। बाल्यकाल से ही पार्वती का मन भगवान् शिव के चरणों में लीन रहता था। वह प्रतिदिन उनकी पूजा-आराधना करती थीं।

कन्या पार्वती विवाह योग्य हुईं तो हिमालय को उनके विवाह की चिंता सताने लगी। लेकिन पार्वती ने मन-ही-मन भगवान् शिव को अपना पति मान लिया था। अतः नारदजी द्वारा प्रेरित किए जाने पर महादेव को पाने के लिए उन्होंने कठोर तपस्या आरंभ कर दी। अनेक वर्षों की निराहार तपस्या के बाद अंततः ब्रह्माजी प्रकट हुए और पार्वती से वर माँगने को कहा।

पार्वती बोलीं, ''परमपिता! मैं स्वयं को तन-मन-धन से भगवान् शिव को अर्पित कर चुकी हूँ। पूर्वजन्म में मैं उनकी पत्नी 'सती' थी। इस जन्म में भी मैं उन्हें पतिरूप में प्राप्त करना चाहती हूँ। आप मुझे उनकी पत्नी बनने का वरदान प्रदान करें।''

'तथास्तु' कहकर ब्रह्माजी ने उन्हें मनोवांछित वर प्रदान कर दिया। तदनंतर देवी पार्वती पुनः भगवान् शिव की आराधना में लीन हो गईं।

कुछ समय बाद भगवान् शिव उनकी परीक्षा लेने के लिए विकृत साधु का वेश धारण करके आए और पार्वती को शिव-प्रेम से विमुख करने का प्रयास किया। परंतु पार्वती साधु की वास्तविकता को जान गईं। तब भगवान् शिव ने वरदान दिया कि वे उन्हें पत्नी-रूप में स्वीकार करेंगे। जब हिमालय ने पार्वती के स्वयंवर का आयोजन किया, तब भगवान् शिव भी वहाँ पधारे। पार्वती ने शिव के गले में वरमाला डालकर उनका वरण कर लिया। इस प्रकार अपनी भक्ति, श्रद्धा और प्रेम के बल पर पार्वती को भगवान् शिव की अर्धांगिनी बनने का सौभाग्य प्राप्त हुआ।

□

मार्कंडेय को माया-दर्शन

मृकंडु ऋषि के पुत्र मार्कंडेय परम तेजस्वी और तपस्वी मुनि थे। उनके समान वेद, पुराण और उपनिषदों के गूढ़ रहस्यों का ज्ञाता संसार में दूसरा कोई नहीं था। वे सदैव तपस्या द्वारा परब्रह्म में लीन रहते थे। काम, क्रोध, मद, मोह और लोभादि विकारों को उन्होंने पूर्णतः त्याग दिया था। इस प्रकार छह मन्वंतर तक वे निरंतर तप-साधना में लीन रहे। इससे उनका शरीर सूर्य के समान प्रकाशित हो उठा।

मार्कंडेय पुष्यभद्रा नदी के निकट आश्रम बनाकर रहते थे। एक दिन भ्रमण करते हुए देवर्षि नारद उस ओर आ निकले। तप में लीन मार्कंडेय के अपरिमित तेज को देखकर वे विस्मित रह गए। उसी समय वे देवराज इंद्र के पास पहुँचे और सारी बात बताते हुए बोले, ''देवेंद्र, महर्षि मार्कंडेय अनेक युगों से अत्यंत कठोर तप कर रहे हैं। उनका तेज संपूर्ण सृष्टि को जलाकर भस्म कर सकता है। इसलिए शीघ्र ही आप उनकी तपस्या खंडित करने का कोई उपाय करें। अन्यथा वह दिन दूर नहीं जब आपको स्वर्ग छोड़ने के लिए विवश होना पड़ेगा।''

महर्षि मार्कंडेय की कठोर तपस्या की भनक इंद्र को लगी तो वे भयभीत हो उठे। उन्हें अपना सिंहासन हाथ से जाता दिखाई देने लगा। ऐसी स्थिति में महर्षि मार्कंडेय को तपस्या से रोकना अत्यंत आवश्यक था। यही सोचकर इंद्र ने कामदेव एवं वसंत सहित अनेक सुंदर अप्सराओं को उनका तप खंडित करने के लिए भेजा।

देखते-ही-देखते वसंत ने मुनि के चारों ओर रमणीय वातावरण उपस्थित कर दिया; अप्सराएँ नृत्य द्वारा उन्हें आकर्षित करने का प्रयास करने लगीं। अंत में कामदेव ने महर्षि पर काम-बाण का प्रयोग किया। परंतु उन्होंने योग द्वारा अपने मन और मस्तिष्क को

नियंत्रित कर स्वयं को परब्रह्म में लीन कर लिया था, इसलिए कामदेव के सभी प्रयास विफल हो गए। तब इंद्र ने उन पर वज्र का प्रहार किया, परंतु वह भी बिना लक्ष्य भेदे लौट आया। इंद्र निराश होकर लौट गए। मार्कंडेय की अखंड तपस्या से प्रसन्न होकर अंततः भगवान् नर-नारायण ने उन्हें दर्शन दिए और वर माँगने के लिए कहा।

मार्कंडेय मुनि बोले, "भगवन्, मेरी कोई भी इच्छा शेष नहीं है। इसलिए वरस्वरूप मैं केवल आपकी माया के दर्शन करना चाहता हूँ। वह माया जो तीनों लोकपालों सहित संपूर्ण सृष्टि को मोहित कर देती है।"

'तथास्तु' कहकर नर-नारायण वहाँ से अंतर्धान हो गए। सहसा चारों ओर प्रलय का दृश्य उपस्थित हो गया। जल की विशाल धाराएँ पृथ्वी के कण-कण को समेटने के लिए उमड़ पड़ीं। देखते-ही-देखते संपूर्ण पृथ्वी जलमग्न हो गई। महर्षि मार्कंडेय भी जल की धाराओं में बह चले। उन्हें स्वयं का भी ध्यान न रहा। माया से मोहित होकर वे सहस्रों वर्षों तक जल में बहते रहे।

एक दिन वे एक टीले पर पहुँचे, जहाँ बरगद का एक विशाल वृक्ष था। उस वृक्ष के एक पत्ते पर उन्हें एक नवजात शिशु दिखाई दिया। जैसे ही वे शिशु के पास पहुँचे,

उसकी श्वास के साथ उसके पेट में चले गए। वहाँ उन्हें सूर्य, चंद्र, तारे, वन, नदियाँ, पर्वत, देवगण, मनुष्य आदि संपूर्ण सृष्टि के दर्शन हुए। तदनंतर श्वास द्वारा ही वे पुनः बाहर आ गए। मार्कंडेय दोनों हाथ जोड़कर उस शिशु की स्तुति करने लगे।

तब वह शिशु बोला, ''महर्षि, मैं ही जल में निवास करनेवाला 'नारायण' हूँ। मुझसे ही सृष्टि की उत्पत्ति होती है। मैं ही इसका पालन करता हूँ और अंत में यह मुझमें ही लीन हो जाती है। कल्प के अंत में मैं शिशु रूप में निवास करता हूँ। ब्रह्मा एवं शिव सहित संपूर्ण सृष्टि मुझसे ही उत्पन्न होती है। यह सृष्टि ही मेरी माया है। इसमें निवास करनेवाले सभी प्राणी मेरी माया से ग्रसित रहते हैं। परंतु जो भक्ति और श्रद्धा से स्वयं को मेरे चरणों में लीन कर लेता है, वह सदा के लिए मेरी माया से मुक्त हो जाता है।''

इसके बाद मार्कंडेय ने उनकी स्तुति की। तत्पश्चात् भगवान् नारायण ने अपनी माया समेट ली। मार्कंडेय पुनः अपने आश्रम में लौट गए। उन्होंने ही पुरुषोत्तम तीर्थ में मार्कंडेश्वर शिव की स्थापना की थी। वहाँ स्थापित सरोवर 'मार्कंडेय नद' के नाम से प्रसिद्ध हुआ।

□

यज्ञ का हरण

एक बार सिंधुसेन नामक दैत्य दैत्यगुरु शुक्राचार्य की शरण में आया और जिज्ञासावश उनसे प्रश्न करने लगा, "गुरुवर, देवताओं की अपेक्षा दैत्य अधिक वीर, बलशाली, पराक्रमी और जप-तप में लीन रहनेवाले हैं। कई वर्षों तक कठोर तप कर हम अद्वितीय शक्तियाँ प्राप्त करते हैं, युद्ध में देवगण को परास्त करते हैं; परंतु क्या कारण है कि हमारा तीनों लोकों पर अधिक समय तक अधिकार नहीं रह पाता? ऐसी कौन सी शक्ति है, जिसकी सहायता से देवता पुनः शक्तिशाली होकर हमें पाताल की ओर भगाने के लिए विवश कर देते हैं? ऐसा कौन सा उपाय है, जिससे उन्हें सदा के लिए पराजित किया जा सकता है?"

शुक्राचार्य बोले, "हे दैत्यराज! यद्यपि देवगण सदैव सुरा-सुंदरी और विलास में डूबे रहते हैं। परंतु पृथ्वी पर रहनेवाले हजारों-लाखों ऋषि, मुनि एवं ब्राह्मण यज्ञाग्नि द्वारा उन्हें निरंतर शक्ति प्रदान करते रहते हैं। यज्ञ ही वह माध्यम है, जिसमें पड़नेवाली वैदिक आहुतियाँ देवताओं को शक्तिशाली बनाती हैं। यदि यज्ञाहुतियाँ न रहें तो देवता शक्तिहीन हो जाएँगे। इसलिए देवताओं को पराजित करने से पूर्व यज्ञ को नष्ट करना आवश्यक है।"

सिंधुसेन अट्टहास करते हुए बोला, ''गुरुदेव, देवताओं के शक्ति-स्रोत के बारे में बताकर आपने मेरी उलझन दूर कर दी। अब मैं सर्वप्रथम यज्ञ का हरण करूँगा, तदनंतर स्वर्ग पर आक्रमण कर देवताओं का नाश कर दूँगा।''

यह कहकर सिंधुसेन वहाँ से चला आया।

एक दिन अवसर पाकर उसने यज्ञ का हरण कर लिया और उसे रसातल में छिपा दिया। यज्ञ के अभाव में पृथ्वी पर सभी वैदिक कर्म बाधित हो गए। इसके फलस्वरूप देवताओं की शक्ति, वैभव और ऐश्वर्य क्षीण होने लगे। ऐसी विकट स्थिति में देवराज इंद्र अन्य देवताओं सहित भगवान् विष्णु की शरण में गए और उनसे सहायता की प्रार्थना की।

भगवान् विष्णु बोले, ''देवगण, आप निश्िंचत रहें। मैं वराह अवतार धारण करके दैत्य सिंधुसेन का संहार करूँगा तथा यज्ञ को पुनः उसके स्थान पर स्थापित करूँगा।''

देखते-ही-देखते श्रीविष्णु ने विशालकाय वराह का रूप धारण कर लिया। इस अवतार में उनका मुख वराह (सूअर) के समान तथा शरीर मनुष्य के समान था। उनके तीव्र गर्जन से तीनों लोक काँप उठे। उनका यह विकराल रूप दुष्टों के संहार और भक्तों को अभय देनेवाला था। ऋषि-मुनिगण विभिन्न वैदिक मंत्रों द्वारा उनकी स्तुति करने लगे। तदनंतर देवताओं की स्तुति से प्रसन्न होकर भगवान् वराह सिंधुसेन के संहार के लिए चल पड़े।

भगवान् वराह शीघ्रता से रसातल में जा पहुँचे। उन्होंने यज्ञ को बंधनों से मुक्त किया और उसे लेकर पाताल से निकल आए। तभी वहाँ सिंधुसेन आ गया। एक विशाल वराह द्वारा यज्ञ को ले जाते देख उसके क्रोध की सीमा न रही। वह चिंघाड़ते हुए भगवान् वराह की ओर लपका।

तब तक भगवान् वराह यज्ञ को देवताओं को सौंप चुके थे। वे मुड़े और सिंधुसेन के मुख पर मुष्टि-प्रहार किया। वार की तीव्रता से सिंधुसेन के कदम लड़खड़ा गए। वह पुनः शक्ति एकत्रित कर भगवान् वराह पर झपटा। लेकिन इस बार उन्होंने सिंधुसेन को नीचे गिरा दिया और गदा के एक ही प्रहार से उसे काल का ग्रास बना दिया।

सिंधुसेन के मरते ही देवता भगवान् वराह पर पुष्प-वर्षा करते हुए उनकी जय-जयकार करने लगे। तदनंतर उन्होंने वहीं पर गंगाजल से अपने रक्त-रंजित अंगों को धोया। तभी से वह स्थान 'वराह-कुंड' के नाम से प्रसिद्ध हुआ।

□

कपोत-तीर्थ

ब्रह्मगिरि पर्वत पर करुष नामक बहेलिया रहता था। शिकार करना तथा पक्षियों को पकड़ना उसके जीविकोपार्जन के साधन थे। यह कार्य करते-करते उसका स्वभाव भी अत्यंत क्रूर और पापयुक्त हो गया था। सत्य, न्याय, प्रेम, धर्म, नैतिकता, अहिंसा–इन सब का उसके लिए कोई महत्त्व नहीं था। उसका एकमात्र उद्देश्य किसी-न-किसी तरह से अपना और अपने परिवार का पालन-पोषण करना था।

एक बार करुष वन में शिकार करने गया। उस दिन उसने कई निरपराध पशुओं का वध किया; अनेक पक्षियों को पिंजरे में बंद कर लिया। संध्या समय उसने अपना जाल समेटा और घर की ओर लौट पड़ा। मार्ग में एकाएक काले-काले बादल घिर आए और मूसलधार वर्षा आरंभ हो गई।

करुष ने निकट ही बरगद के एक विशाल वृक्ष के नीचे आश्रय लिया। वर्षा में भीगने के कारण उसका शरीर ठंड से काँपने लगा। सुबह से उसने कुछ नहीं खाया था, इसलिए भूख से उसका पेट ऐंठने लगा। उसने स्वयं को समेटा और वर्षा के रुकने की प्रतीक्षा करने लगा।

बरगद के उस वृक्ष पर कबूतर-कबूतरी का एक जोड़ा रहता था। वे दोनों दाना चुगने वन में गए हुए थे। लेकिन उनमें से अभी केवल कबूतर ही वापस लौटा था, कबूतरी का कहीं पता नहीं था। ऐसी स्थिति में दुःखी होकर कबूतर विलाप करने लगा।

करुष ने जो पक्षी पकड़े थे, उनमें वह कबूतरी भी थी। करुष ने उसे अलग से एक पिंजरे में बंद किया हुआ था। पति का विलाप सुनकर कबूतरी उसे पुकारने लगी। कपोत शीघ्रता से पिंजरे के पास आया और उसे निकालने का प्रयास करने लगा।

तब कबूतरी बोली, ''हे खगश्रेष्ठ! आप व्यर्थ ही मुझे छुड़वाने का प्रयास कर रहे हैं। विधि के विधान के अनुसार हमारे बिछड़ने का समय आ गया है। आपके पास इससे भी अधिक महत्त्वपूर्ण कार्य हैं। हे पक्षिराज! शास्त्रों के अनुसार, घर में आया अतिथि भगवान् का रूप होता है। उसकी सेवा और सत्कार की तुलना साक्षात् भगवान् की पूजा-उपासना से की जाती है। स्वामी, इस समय यह बहेलिया हमारा अतिथि है। ठंड और भूख ने इसे अधमरा कर दिया है। आप इसके लिए अग्नि और भोजन का प्रबंध कर आतिथ्य-धर्म का पालन करें।''

कबूतरी की बात सुनकर कबूतर शीघ्रता से उड़कर गया और अपनी चोंच में जलती हुई एक लकड़ी ले आया। वहीं से सूखी लकड़ियाँ एवं पत्ते एकत्रित कर उस पर डालने लगा। देखते-ही-देखते अग्नि प्रज्वलित हो उठी। सहसा अग्नि देखकर बहेलिया आश्चर्यचकित रह गया।

तदंतर कबूतर उसके निकट आया और विनीत स्वर में बोला, ''हे व्याध! इस समय आप हमारे अतिथि हैं, अतः आपकी क्षुधा शांत करना हमारा धर्म है। मैं इस अग्नि में प्रवेश कर रहा हूँ। आप मेरे मांस से अपनी भूख शांत करें।'' यह कहकर कबूतर अग्नि में कूद गया।

कबूतरी करुण स्वर में बोली, ''हे व्याधराज! ये मेरे पति हैं। मैं इनके बिना जीवित नहीं रह सकती। कृपया मुझे छोड़ दीजिए।'' विस्मित करुष ने जैसे ही पिंजरा खोला, कबूतरी भी अग्नि में प्रविष्ट हो गई।

तदंतर आकाश से एक दिव्य विमान उतरा और कबूतर-कबूतरी दिव्य शरीर धारण कर विमान में बैठ गए।

इस घटना ने करुष की अज्ञानता को दूर कर दिया। वह उनसे अपनी मुक्ति का उपाय पूछने लगा। उन्होंने करुष को गौतमी गंगा के जल में स्नान करने का परामर्श दिया। गौतमी गंगा के स्पर्श से करुष के समस्त पाप नष्ट हो गए और वह भी मोक्ष का अधिकारी बन गया।

करुष ने जिस स्थान पर स्नान किया था, वह 'कपोत-तीर्थ' के नाम से प्रसिद्ध हुआ।

□

अप्सरा-पुत्र शुकदेव

महर्षि वेदव्यास सरस्वती नदी के तट पर आश्रम बनाकर रहते थे। यद्यपि वे परम तपस्वी, तेजस्वी और गुणों से संपन्न थे, तथापि उन्होंने अभी तक विवाह नहीं किया था। अनेक सुंदर ऋषि-कन्याएँ, राजकुमारियाँ, अप्सराएँ उनके साथ विवाह करने की इच्छुक थीं, परंतु उनके हृदय में प्रेम का अंकुर नहीं फूटा। सांसारिक बंधनों से विरक्त होकर वे सदैव ईश्वर-भक्ति में लीन रहते थे। गृहस्थ-जीवन से दूर रहना उनके लिए अधिक श्रेष्ठ था। इस प्रकार अकेले रहते हुए व्यासजी को अनेक वर्ष बीत गए।

एक बार व्यासजी नदी-तट पर भ्रमण कर रहे थे, तभी उनकी दृष्टि गौरैया के एक जोड़े पर पड़ी, जो अपने बच्चों के साथ खेल रहे थे। गौरैया का संतान के प्रति प्रेम और स्नेह देख व्यासजी एक पल के लिए अचंभित रह गए। तदनंतर उनके मन में भी संतान-प्राप्ति की इच्छा जाग्रत् हो गई। वे अपनी इच्छा को पूर्ण करने का उपाय सोचने लगे। परंतु अनेक दिन बीत जाने पर भी वे कोई उपाय न सोच सके।

दैववश एक दिन वहाँ नारदजी का आगमन हुआ। उन्होंने व्यासजी को चिंतित देखा तो विस्मित होकर बोले, ''मुनिवर, आप सांसारिक बंधनों से मुक्त हैं। काम, क्रोध, लोभ, मोह आदि विकारों पर आप विजय प्राप्त कर चुके हैं। आप प्रतिदिन धार्मिक कर्मों को निष्ठापूर्वक पूर्ण करते हैं। फिर आपके दुःखी होने का क्या कारण है? कौन सी चिंता आपको सता रही है, कृपया बताने का कष्ट करें?''

व्यासजी बोले, ''हे देवर्षि! संसार में रहते हुए सांसारिक बंधनों से पूर्णतः मुक्त होना असंभव है। यह संसार ईश्वर द्वारा निर्मित है। साधारण मनुष्य इसके प्रभाव से अछूते नहीं रह सकते। मुनिवर, सांसारिक परंपरा के अनुसार मनुष्य का पुत्रवान् होना आवश्यक

है। वेदों एवं अन्य धार्मिक ग्रंथों में भी पुत्रवान् होने पर ही मनुष्य की सद्गति बताई गई है। इसी बात से मैं चिंतित हूँ। मैं स्वयं के समान एक श्रेष्ठ पुत्र चाहता हूँ; परंतु यह किस प्रकार संभव होगा, इस विषय में आप ही मेरा मार्गदर्शन करें।''

देवर्षि नारद बोले, ''हे महर्षि! भगवान् भोलेनाथ भक्तों की समस्त इच्छाएँ पूर्ण करते हैं। वे परम दयालु तथा शीघ्र प्रसन्न हो जानेवाले देवता हैं। यदि आप उनकी कृपादृष्टि प्राप्त कर लें तो निस्संदेह आपको एक श्रेष्ठ पुत्र अवश्य प्राप्त होगा।''

नारदजी के परामर्श के अनुसार व्यासजी ने उसी दिन से कठोर तपस्या आरंभ कर दी। उन्होंने अन्न-जल त्याग दिया और भगवान् शिव के प्रिय मंत्र 'ॐ नमः शिवाय' का जाप करने लगे। अंततः उनकी भक्ति से प्रसन्न होकर शिवजी ने उन्हें पुत्रवान् होने का वरदान दिया। लेकिन व्यासजी विवाह नहीं करना चाहते थे और बिना विवाह किए संतान का जन्म असंभव था। उन्होंने सबकुछ शिव-इच्छा पर छोड़ दिया।

एक दिन घृताची नामक अप्सरा आकाश मार्ग से कहीं जा रही थी। उसे देखकर उनके हृदय में काम का संचार हो गया। वे उसे एकटक निहारने लगे। यह देख घृताची भयभीत हो गई और तोती का रूप धारण कर वहाँ से गायब हो गई। इस बीच व्यासजी का अमोघ वीर्य हवन के लिए एकत्रित लकड़ियों पर गिरा, जिससे एक दिव्य बालक का जन्म हुआ। उन्होंने इस बालक का नाम 'शुकदेव' रखा।

इस प्रकार भगवान् शिव के वरदानस्वरूप व्यासजी को पुत्र प्राप्त हुआ।

□

गृहस्थ धर्म श्रेष्ठ धर्म

व्यास-पुत्र शुकदेव अपने पिता के समान परम तपस्वी और तेजस्वी थे। बाल्यकाल में ही उन्होंने वेदों, पुराणों तथा अन्य धार्मिक ग्रंथों का गहन अध्ययन कर लिया था। वैदिक धर्म-कर्म की कोई भी रीति एवं विधि उनसे छिपी नहीं थी। वे निरंतर योग-साधना में लीन रहते थे। इसके फलस्वरूप छोटी सी आयु में ही उन्होंने कई दिव्य सिद्धियाँ प्राप्त कर ली थीं। बड़े-बड़े ऋषि-मुनि भी उनके ज्ञान के समक्ष नतमस्तक होते थे।

शुकदेव जब युवा हुए तो व्यासजी को उनके विवाह की चिंता सताने लगी। एक दिन उन्होंने शुकदेव को अपने पास बुलाया और समझाते हुए बोले, "वत्स, जीवन के प्रथम आश्रम का तुमने भली-भाँति पालन किया है। तुम्हारे समान परम ज्ञानी और तपस्वी संसार में दूसरा कोई नहीं है। अब तुम युवा हो गए हो। इस अवस्था में तुम्हें ब्रह्मचर्य का त्याग करके गृहस्थाश्रम का शुभारंभ करना चाहिए।"

शुकदेव विनम्र स्वर में बोले, "पिताश्री गृहस्थ आश्रम उन लोगों के लिए उत्तम है जो मोह-माया के बंधनों में बँधे रहना चाहते हैं। परंतु मैंने आजीवन ब्रह्मचर्य के पालन का निश्चय कर लिया है। मेरे मन में केवल वैराग्य और ईश्वर-भक्ति है। विवाह करके मैं स्वयं को मोह-माया में नहीं फँसाना चाहता। इसलिए आप मुझे विवाह करने के लिए विवश न करें।"

"वत्स, गृहस्थ आश्रम कभी भी प्रभु-भक्ति में बाधा नहीं बनता। स्वयं ब्रह्मा, विष्णु और शिव भी गृहस्थाश्रम का पालन करते हैं। गौतम, अत्रि, पुलस्त्य, जमदग्नि, वसिष्ठ आदि ऋषि-मुनियों ने भी तपस्या व ईश्वर-भक्ति के साथ गृहस्थाश्रम में प्रवेश किया

है। यह संसार का नियम है और इसका पालन सृष्टि का प्रत्येक प्राणी करता है। इसलिए तुम भी उपयुक्त युवती से विवाह करके इस नियम का पालन करो।'' व्यासजी ने पुत्र को पुनः समझाने का प्रयास किया।

शुकदेव उनकी बात काटते हुए बोले, ''पिताश्री, विवाह करके ईश्वर-भक्ति असंभव है। इससे तपस्वी का तेज और ईश्वर के प्रति मन की एकाग्रता भंग होती है। भला कीचड़ में रहकर भी कोई उससे अलग रह सकता है! विवाह रूपी बंधन मनुष्य को इस प्रकार जकड़ता है कि फिर वह जीवन भर उससे मुक्त नहीं हो पाता। इसलिए मैं इस बंधन में बँधकर स्वयं का नाश नहीं कर सकता।''

व्यासजी ने देखा कि शुकदेव किसी भी प्रकार से मानने को तैयार नहीं हैं तो उन्होंने उन्हें मिथिला-नरेश जनक के पास शिक्षा लेने भेजा। पिता की आज्ञा का पालन करने हेतु शुकदेव मिथिला जा पहुँचे।

राजा जनक गृहस्थाश्रम के सभी कर्तव्यों का पालन करते हुए भी एक श्रेष्ठ तपस्वी

की भाँति पूजनीय थे। यह देखकर शुकदेव अत्यंत विस्मित हुए। उन्होंने राजा जनक से इस बारे में पूछा। तब जनक बोले, ''हे मुनिकुमार! जिस प्रकार संसार की रचना करने के बाद भी ईश्वर अपनी माया से अछूता है, उसी प्रकार गृहस्थाश्रम के नियमों का पालन करते हुए भी मनुष्य स्वयं को इससे अलग रख सकता है। विवाह को आवश्यक कर्म समझो तथा कर्तव्य की भाँति इसे पूर्ण करो।''

शुकदेव जनक की बातों में छिपा गूढ़ रहस्य समझ गए। वे प्रसन्नतापूर्वक आश्रम लौट आए और 'पीवरी' नामक युवती से विवाह किया। विवाह उपरांत उनके चार पुत्र एवं एक पुत्री हुई। इससे उनके तपस्वी जीवन में कोई अवरोध उत्पन्न नहीं हुआ।

इस प्रकार गृहस्थाश्रम के सभी नियमों एवं कर्तव्यों का भलीभाँति पालन करने के बाद शुकदेव परब्रह्म में लीन हो गए।

□

अप्सरा बनी मछली

चेदि देश के राजा उपरिचर अत्यंत वीर, धर्मात्मा और प्रजाप्रिय थे। उन्हें शिकार खेलना बहुत पसंद था। एक बार वे शिकार खेलने वन में गए। वहाँ उन्होंने मृग-मृगी के एक जोड़े को प्रेम-क्रीड़ा में संलिप्त देखा। कामवश उनका वीर्य स्खलित हो गया। उनका वीर्य वटपत्र पर गिरा, जिसे एक बाज पक्षी चोंच में दबाकर उड़ गया। वह बाज जब नदी के ऊपर से उड़ रहा था, तब वह वटपत्र उसकी चोंच से छूटकर नदी में गिर गया। उस वीर्ययुक्त वटपत्र को एक विशालकाय मछली ने निगल लिया। वह मछली अद्रिका नामक अप्सरा थी, जिसे एक ऋषि ने मछली होने का शाप दे दिया था। उसके मछली बनने की कथा इस प्रकार है–

एक बार अद्रिका भ्रमण करते हुए यमुना नदी के तट पर निकल आई। वहाँ एक सुंदर और तेजस्वी ऋषिकुमार सूर्य-उपासना कर रहे थे। उन्हें देखकर अद्रिका के मन में प्रेम का संचार हो गया। ऋषिकुमार का ध्यान अपनी ओर आकर्षित करने के लिए उसने मछली का रूप धारण किया और उनके कार्य में बार-बार विघ्न उत्पन्न करने लगी। ऋषिकुमार तपोबल द्वारा समझ गए कि यह अद्रिका नामक अप्सरा है। चूँकि वे ब्रह्मचारी थे, इसलिए उन्होंने अद्रिका को वहाँ से चले जाने को कहा। परंतु अद्रिका प्रेम-निवेदन करते हुए बोली, "ऋषिकुमार, शास्त्रों के अनुसार यदि कोई युवती काम-इच्छा से शरण में आए तो उसकी इच्छा पूर्ण करना धर्मयुक्त होता है। मैं काम-पीड़ित होकर आपके पास आई हूँ; कृपया मुझे स्वीकार करें; अपने प्रेम की वर्षा करके मुझे कृतार्थ करें।"

ऋषिकुमार बोले, "हे अद्रिका! मैंने बाल्यकाल से ही आजीवन ब्रह्मचर्य का व्रत

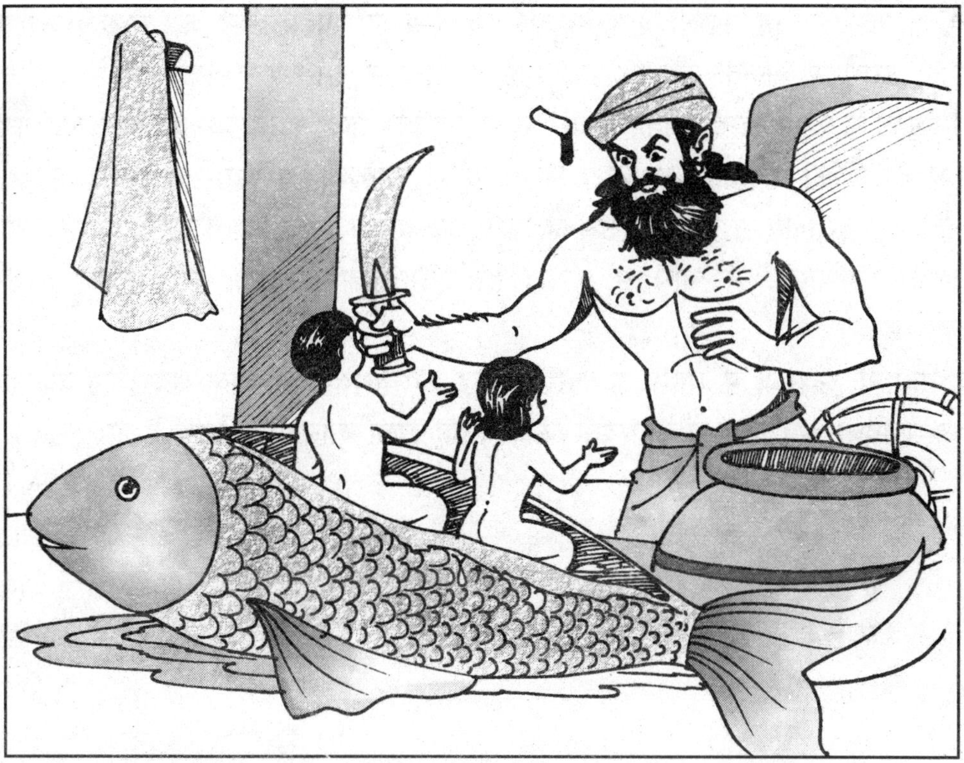

ले रखा है। इसलिए तुम्हारी इच्छा पूर्ण नहीं कर सकता। तुम यहाँ से चली जाओ।''

परंतु अद्रिका के मन में ऋषिकुमार बस गए थे। उसने मन-ही-मन उन्हें पाने का निश्चय कर लिया था। अतः मछली बनी अद्रिका ऋषिकुमार के पैरों से लिपट गई। अपने व्रत को खंडित होते देख ऋषिकुमार क्रोधित हो उठे और शाप देते हुए बोले, ''हे दुष्टा! काम ने तुम्हें अंधा कर दिया है। तुमने जिस रूप को धारण करके यह उद्दंडता की है, अब तुम उसी रूप में रहोगी।''

शाप दंड से अद्रिका हतप्रभ रह गई। कामावेग में उसने जो अपराध किया था, उसका फल उसे मिल चुका था। वह ऋषिकुमार के चरणों में गिरकर रोने लगी। उसका विलाप सुनकर उनका हृदय पिघल गया। वे उसे मुक्ति का उपाय बताते हुए बोले, ''जिस दिन तुम्हारा पेट चीरा जाएगा, उस दिन शापमुक्त होकर तुम पुनः अपने लोक में लौट जाओगी।''

इसके बाद ऋषिकुमार वहाँ से चले गए और मछली बनी अद्रिका अपनी मुक्ति की प्रतीक्षा करने लगी।

चूँकि राजा उपरिचर का वीर्य तेजयुक्त था, अतएव मछली को गर्भ ठहर गया।

प्रसव के दिनों में वह मछली एक मछुआरे के हाथ लग गई। उसने जब मछली का पेट चीरा तो उसमें से बालक-बालिका का एक जोड़ा निकला। यह देखकर उसके आश्चर्य का ठिकाना न रहा। उसने इसकी सूचना राजा को दी। राजा ने बालक को गोद ले लिया, जबकि कन्या को मछुआरे को लौटा दिया। चूँकि बालिका के शरीर से मत्स्य की गंध आ रही थी, इसलिए मछुआरे ने उसका नाम 'मत्स्यगंधा' रख दिया। आगे चलकर यही मत्स्यगंधा 'सत्यवती' के नाम से प्रसिद्ध हुई और राजा का पुत्र मत्स्य-नरेश नाम से विख्यात हुआ।

कौमार्य अवस्था में महर्षि पराशर के तेज से सत्यवती ने श्रीकृष्णद्वैपायन वेदव्यास को जन्म दिया था। बाद में सत्यवती का विवाह राजा शांतनु के साथ हुआ।

□

नर-नारायण

एक बार महर्षि च्यवन नर्मदा नदी में स्नान करने के उपरांत सूर्य को जल अर्पित कर रहे थे। उस समय नदी में एक भयंकर तथा विशालकाय सर्प भ्रमण कर रहा था। अनजाने में महर्षि का पैर सर्प की पूँछ पर पड़ गया। क्रोधित होकर सर्प ने महर्षि को अपने पाश में जकड़ लिया और उन्हें खींचता हुआ पाताल लोक में ले गया।

च्यवन ऋषि ने स्वयं को छुड़वाने का भरसक प्रयत्न किया, परंतु सब व्यर्थ। सर्प इतना शक्तिशाली था कि वे अनेक प्रयत्न करने के बाद भी स्वयं को मुक्त नहीं करवा सके। तब भयभीत च्यवन ने नेत्र बंद किए और भगवान् विष्णु का स्मरण करने लगे। भक्त-वत्सल भगवान् विष्णु के स्मरण मात्र से महर्षि च्यवन का सारा भय नष्ट हो गया। वे पूर्णतः एकाग्र होकर श्रीविष्णु का चिंतन करने लगे। इसके फलस्वरूप सर्प का विष एवं पकड़ धीरे-धीरे क्षीण पड़ने लगी। अंत में च्यवन बंधन-मुक्त हो गए।

स्वयं को बलहीन देखकर सर्प विस्मित रह गया। उसे शाप का भय सताने लगा तो वह उनके चरणों में गिर पड़ा और क्षमा माँगते हुए बोला, ''हे महर्षि! मैं अज्ञानवश आपको पाश में जकड़कर यहाँ ले आया। आपके प्रभाव से मैं पूर्णतः अनभिज्ञ था। हे मुनिवर! साधु-संत स्वभाव से परम दयालु तथा क्षमाशील होते हैं। आप मेरा अपराध क्षमा करें।''

सर्प की करुण प्रार्थना सुनकर ऋषि का हृदय पिघल गया; उन्होंने उसे क्षमा कर दिया। तदनंतर उन्होंने पाताल पुरी में प्रवेश किया तथा दैत्यराज प्रह्लाद के दरबार में पहुँचे।

प्रह्लाद उनका यथोचित सत्कार करते हुए बोले, ''मुनिवर, आपने पाताल पुरी में आकर अपनी चरणधूलि से इसे पवित्र कर दिया। आपके दर्शन पाकर मैं कृतार्थ हो गया।

हे ऋषिवर! अब आप कुछ दिन यहाँ निवास कर अपने ज्ञान से हमें लाभान्वित करें।''

च्यवन ऋषि ने उनकी प्रार्थना स्वीकार कर ली। वहाँ निवास करते हुए उन्होंने प्रह्लाद को वेदों एवं अन्य धार्मिक शास्त्रों का गूढ़ ज्ञान प्रदान किया। साथ-ही-साथ उनके हृदय की सभी शंकाओं का समाधान किया। कुछ दिनों बाद जब वे पृथ्वी पर लौटने लगे, तब प्रह्लाद विनती करते हुए बोले, ''ऋषिवर, आपने दिव्य ज्ञान देकर मुझे धन्य कर दिया है। मेरे मन में भी किसी पवित्र धार्मिक स्थान पर जाने की प्रबल इच्छा उत्पन्न हो रही है। कृपया इस विषय में भी आप मेरा मार्गदर्शन करें।''

च्यवन बोले, ''हे राजन्! पृथ्वी पर नैमिषारण्य नामक स्थान परम पवित्र और पूजनीय है। वहाँ के कण-कण में देवता निवास करते हैं। ऐसे पुण्यमय स्थान पर पूजा-उपासना करने से आपको परम शांति तथा मोक्ष प्राप्त होगा। अत: आप वहीं के लिए प्रस्थान करें।''

प्रह्लाद परिवार सहित नैमिषारण्य में पहुँचे और अनेक दिनों तक वहाँ यज्ञ-हवन आदि धार्मिक कर्म करते रहे। एक दिन उन्हें एक स्थान पर अनेक बाण पड़े दिखाई दिए। ऐसे पुण्यमय स्थान में बाण देखकर वे विस्मित रह गए। तभी उनकी दृष्टि भगवान् नर-नारायण पर पड़ी, जो एक वृक्ष के नीचे तप में लीन थे। उनके निकट धनुष-बाण पड़े थे।

'इन्होंने ही इस पवित्र स्थान को अपवित्र कर दिया है', यह सोचकर प्रह्लाद ने उन्हें युद्ध के लिए ललकारा। यह युद्ध एक हजार वर्षों तक चलता रहा। अंत में भगवान् विष्णु ने प्रकट होकर प्रह्लाद को नर-नारायण के वास्तविक स्वरूप के दर्शन करवाए। नर और नारायण भगवान् श्रीविष्णु के अंशावतार हैं, यह जानकर प्रह्लाद अत्यंत लज्जित हुए। तत्पश्चात् अपने अपराध की क्षमा माँगकर वे पातालपुरी लौट गए।

□

घूमते रहो

सृष्टि के आरंभ में सर्वप्रथम विष्णु, ब्रह्मा और शिव की उत्पत्ति हुई। इनमें सृष्टि-रचना का कार्य ब्रह्माजी द्वारा, पालन का कार्य विष्णु द्वारा तथा सृष्टि के संहार का कार्य शिव द्वारा निश्चित हुआ। चूँकि ब्रह्माजी को सृष्टि की रचना करनी थी, अतएव उन्होंने सात मानस-पुत्रों मरीचि, क्रतु, अत्रि, वसिष्ठ, पुलह, अंगिरा और पुलस्त्य को उत्पन्न किया। तदनंतर उन्होंने क्रोध से रुद्र, अँगूठे से दक्ष तथा गोद से देवर्षि नारद को प्रकट किया। इसके अतिरिक्त उन्होंने सनक, सनंदन, सनत्कुमार और सनातन नामक मानस-पुत्रों को भी उत्पन्न किया।

एक दिन ब्रह्माजी दक्ष से बोले, "वत्स, मेरा कार्य सृष्टि की रचना करना है। इस कार्य में सहायता के लिए ही मैंने तुम्हें उत्पन्न किया है। इसलिए तुम प्रजापति पंचजन की पुत्री वीरणी से विवाह करके मैथुनी सृष्टि का आरंभ करो। तुम्हारे अंश से उत्पन्न संतान संपूर्ण पृथ्वी पर फैलकर सृष्टि के कार्य को सुचारु रूप से चलाएगी।"

ब्रह्माजी की आज्ञा से दक्ष ने वीरणी से विवाह कर पाँच हजार पुत्र उत्पन्न किए। उनके ये पुत्र हर्यश्व कहलाए। दक्ष ने उन्हें मैथुनी सृष्टि के लिए प्रेरित करते हुए कहा, "पुत्रो! तुम्हारी उत्पत्ति मैथुनी सृष्टि को आगे बढ़ाने के लिए हुई है। जाओ, विवाह करो, संपूर्ण पृथ्वी पर फैल जाओ और अपनी संतानों का विस्तार करो।"

पिता की आज्ञा पाकर हर्यश्व मैथुनी सृष्टि के लिए वहाँ से चल दिए।

मार्ग में उनकी भेंट देवर्षि नारद से हो गई। नारद बाल्यकाल से ही ब्रह्मचर्य व्रत धारण कर चुके थे। उन्होंने जब दक्ष-पुत्रों द्वारा मैथुनी सृष्टि की बात सुनी तो उन्हें समझाते हुए बोले, "हे दक्ष-पुत्रो! यह तुम क्या अनर्थ करने जा रहे हो? ईश्वर ने तुम्हें

यह शरीर स्वयं के कल्याण के लिए प्रदान किया है। यह जीवन बार-बार नहीं मिलता। इसलिए मोह-माया के बंधनों में फँसने के स्थान पर तुम मोक्ष-प्राप्ति के लिए प्रयत्न करो। अन्यथा सांसारिक बंधनों में जकड़ जाने के बाद तुम चाहकर भी उससे मुक्त नहीं हो सकते।''

नारदजी की बात दक्ष-पुत्रों के हृदय में बैठ गई। उन्होंने मैथुनी सृष्टि के विस्तार का विचार त्याग दिया और तपस्या करने चले गए।

इधर दक्ष को जब इस बात का पता चला तो वे अत्यंत दुःखी हुए। लेकिन उन्हें किसी-न-किसी तरह से मैथुनी सृष्टि का विस्तार करना था। अतः उन्होंने पुनः सहस्रों पुत्रों को उत्पन्न किया और उन्हें सृष्टि-रचना के लिए प्रेरित किया। हर्यश्व की भाँति वे भी पिताज्ञा पूर्ण करने चल पड़े। किंतु नारदजी ने उन्हें भी वैराग्य का मार्ग दिखाकर उनके मूल उद्देश्य से पृथक् कर दिया।

इस बार दक्ष के क्रोध की सीमा न रही। वे नारदजी को शाप देते हुए बोले, ''हे नारद! ब्रह्माजी की आज्ञा से मैंने मैथुनी सृष्टि के लिए जितनी बार भी प्रयास किया, तुमने हर बार मेरे कार्य में बाधा उत्पन्न की। तुम्हारे यहाँ रहते हुए मेरा यह कार्य कभी पूर्ण नहीं हो सकता। इसलिए मैं शाप देता हूँ कि तुम कभी भी एक स्थान पर टिककर नहीं रहोगे। तुम सदा भ्रमण करते रहोगे।''

तभी से देवर्षि नारद कभी एक स्थान पर नहीं टिके; घूमना उनका स्वभाव बन गया। □

पिता से उत्पन्न

इक्ष्वाकुवंशी यौवनाश्व बड़े प्रतापी राजा थे। उनके राज्य में चारों ओर सुख-समृद्धि का वास था। उन्होंने अनेक विवाह किए, परंतु दैववश संतान का मुख देखना उनके भाग्य में नहीं था। 'उनकी मृत्यु के बाद उनकी चिता को अग्नि कौन देगा? उनके राज्य और प्रजा को कौन सँभालेगा', यही चिंता उन्हें दिन-रात परेशान करती रहती थी। अंत में वे वन में जाकर ऋषि-मुनियों की सेवा करने लगे।

उनकी निस्स्वार्थ सेवा और सत्कार से ऋषिगण अत्यंत प्रसन्न हुए। एक दिन उन्होंने यौवनाश्व को अपने पास बुलाया और उनकी चिंता का कारण पूछते हुए बोले, "राजन्, आप इतने दिनों से निरंतर हमारी सेवा कर रहे हैं। हमसे जुड़े प्रत्येक कार्य को पूरी निष्ठा और लगन के साथ करते हैं। लेकिन आपके मुखमंडल पर चिंता की रेखाएँ विद्यमान हैं। ऐसा कौन सा कष्ट है, जो दिन-रात आपको परेशान करता है? विश्वास कीजिए, हम आपकी हरसंभव सहायता अवश्य करेंगे।"

यौवनाश्व बोले, "ऋषिवरो! मेरे लिए संसार का दुर्लभ-से-दुर्लभ सुख प्राप्त करना सहज है। मेरे पास धन-धान्य, सेवक तथा भोग-विलास के साधनों की प्रचुरता है। शत्रु भी मेरे बल-पराक्रम से भयभीत रहते हैं। इंद्र मेरी इच्छानुसार राज्य में सुख-समृद्धि की वर्षा करते हैं। परंतु फिर भी मेरा हृदय संतानहीनता के दुःख से भरा हुआ है। हे मान्यवरो! वेदों और शास्त्रों में वर्णित है कि इस लोक में पुत्रहीन की गति नहीं होती; परलोक में भी वह असीमित कष्ट भोगता है। इसलिए मैं सदा चिंतित रहता हूँ। यदि आप मेरे दुःख का निवारण कर सकें तो मैं सदैव आपका ऋणी रहूँगा।"

ऋषिगण बोले, "राजन्, आपके ललाट की रेखाएँ इंगित करती हैं कि आपको एक

dिन संतान–सुख अवश्य प्राप्त होगा। परंतु इसके लिए पुत्रेष्टि यज्ञ करना आवश्यक है। आपके सेवाभाव से हम बड़े प्रसन्न हैं, इसलिए हम आपके लिए यह यज्ञ अवश्य करेंगे। इस यज्ञ के फलस्वरूप उत्पन्न होनेवाला बालक आपके समान वीर, प्रतापी और दसों दिशाओं को जीतनेवाला होगा। उसके समक्ष देवगण भी थर–थर काँपेंगे।''

यौवनाश्व का हृदय प्रसन्नता से भर उठा। उन्होंने शीघ्रता से यज्ञ की सारी व्यवस्था कर दी।

शुभ मुहूर्त में यज्ञ आरंभ हुआ। वैदिक मंत्रों का उच्चारण करते हुए यज्ञाग्नि में आहुतियाँ डाली जाने लगीं। अनेक दिनों तक निरंतर यज्ञ चलता रहा।

यज्ञ–वेत्ताओं ने यज्ञ–कुंड के पास एक कलश की स्थापना की थी। उस कलश में अभिमंत्रित जल भरा हुआ था। यज्ञ–समाप्ति के बाद वह जल यौवनाश्व की पत्नी को पीना था। एक रात यौवनाश्व को प्यास लगी। निद्रा की अवस्था में जल ढूँढ़ते हुए वे यज्ञकुंड के पास पहुँच गए और भूलवश कलश का अभिमंत्रित जल पी गए।

दूसरे दिन प्रातःकाल ऋषियों को जब यह बात पता चली तो उन्होंने इसे ईश्वर–इच्छा माना और यज्ञ पूर्ण किया। अभिमंत्रित जल पीने के कारण यौवनाश्व के उदर में गर्भ स्थापित हो गया। उचित समय आने पर एक पुत्र को जन्म देकर वे मृत्यु को प्राप्त हुए। पिता से उत्पन्न उस बालक का पालन–पोषण देवराज इंद्र ने किया। उन्होंने बालक का नाम 'मांधाता' रखा। आगे चलकर मांधाता यौवनाश्व के समान परम प्रतापी राजा हुए।

□

पृथ्वी को मुक्ति

एक बार देवर्षि नारद के मन में पृथ्वी की उत्पत्ति के विषय में जानने की इच्छा उत्पन्न हुई। उन्होंने भगवान् विष्णु के समक्ष अपनी जिज्ञासा रखी। तब श्रीविष्णु उन्हें पृथ्वी के बारे में बताने लगे–

सृष्टि के प्रारंभ में चारों ओर केवल जल-ही-जल था। उस जल में विराट् पुरुष विराजमान थे। नार अर्थात् जल में निवास करने के कारण वे नारायण कहलाए। सर्वप्रथम उन्हीं के मन में सृष्टि-रचना का विचार उत्पन्न हुआ। तब उनके एक रोमकूप से पृथ्वी की उत्पत्ति हुई। प्रलयकाल में यह पृथ्वी पुनः उस रोमकूप में समा जाती है। विष्णु, ब्रह्मा और शिव तीनों प्रधान देवता पृथ्वी पर ही संसार रूपी माया की रचना करते हैं। आकाश के मध्य में स्थित पृथ्वी के ऊपर सात स्वर्ग तथा नीचे सात पाताल हैं।

एक बार दैत्य कुल में हिरण्याक्ष नामक एक अत्यंत भयंकर दैत्य हुआ। वह अत्यंत शक्तिशाली और पराक्रमी था। उसने अकेले ही देवताओं को पराजित कर दिया तथा पृथ्वी को ले जाकर पाताल में छिपा दिया।

पृथ्वी के बिना सृष्टि-निर्माण का कार्य रुक गया। तब ब्रह्माजी ने नेत्र बंद कर लिये और भगवान् विष्णु का ध्यान करने लगे। सहसा उनकी नासिका से एक छोटा सा वराह (सूअर) प्रकट हुआ। फिर देखते-ही-देखते वराह ने विशालकाय रूप धारण कर लिया। उसके विशाल तीखे दाँत आकाश को भेद रहे थे; आँखों की लालिमा सूर्य को ढक रही थी। उन्हें देखकर ब्रह्माजी हाथ जोड़कर बोले, ''हे भक्त-वत्सल भगवान्! हे दुष्ट विनाशक! हे सृष्टि के पालनहार! दैत्य हिरण्याक्ष का संहार करके पृथ्वी की रक्षा करें।''

ब्रह्माजी द्वारा प्रेरित किए जाने पर भगवान् वराह भयंकर गर्जना करते हुए पाताल

की ओर चल दिए। उनके विशाल शरीर के थपेड़ों से समुद्र का जल आकाश को छूने लगा। शीघ्र ही वे पृथ्वी के पास पहुँच गए। उन्होंने अपने दाँतों से पृथ्वी को उठाया और समुद्र से बाहर निकाल लाए।

इतने में वहाँ दैत्य हिरण्याक्ष आ गया। एक विशालकाय वराह द्वारा पृथ्वी को ले जाते देख उसके क्रोध की सीमा न रही। वह भयंकर हुंकार भरता हुआ भगवान् वराह की ओर झपटा। तब तक भगवान् वराह ने पृथ्वी को उसके स्थान पर स्थापित कर दिया था। वे पलटे और हिरण्याक्ष पर मुष्टि-प्रहार किया। यह प्रहार इतना प्रचंड था कि हिरण्याक्ष मीलों दूर जाकर गिरा। वह उठा और गदा लेकर युद्ध करने लगा।

शीघ्र ही दोनों ओर से प्रचंड प्रहार होने लगे। भगवान् वराह ने उसके प्रत्येक वार को काट डाला। अंत में गदा के एक प्रहार से उन्होंने हिरण्याक्ष का काम तमाम कर दिया। हिरण्याक्ष के मरते ही भगवान् वराह पर पुष्पों की वर्षा होने लगी।

तभी देवी पृथ्वी मूर्तिमान रूप में प्रकट हो गईं और भगवान् वराह की स्तुति कर उनसे विवाह करने की इच्छा प्रकट की। भगवान् वराह ने पृथ्वी को पत्नी रूप में स्वीकार कर अनेक दिनों तक उनके साथ एकांतवास किया। इसके फलस्वरूप पृथ्वी गर्भवती हो गईं। उचित समय आने पर उन्होंने एक पुत्र को जन्म दिया, जिसका नाम 'मंगल' रखा गया। बाद में मंगलदेव कठोर तप करके ग्रह रूप में स्थापित हुए।

भगवान् वराह ने बैकुंठ लोक लौटने से पूर्व पृथ्वी को वरदान दिया था कि समस्त देवगण, ऋषि, मुनि, गंधर्व, यक्ष, नाग, दैत्य, मनुष्य—सभी प्राणी उनकी पूजा करेंगे। उनकी उपेक्षा करनेवाला घोर नरक का भागी बनेगा।

तभी से पृथ्वी संपूर्ण जगत् के लिए पूजनीय और आदरणीय हो गईं।

□

समान पूजनीय

राजा इंद्रसावर्णि का वृषध्वज नामक पुत्र था। वह भगवान् शिव का अनन्य भक्त था। उसकी शिव-भक्ति के समक्ष बड़े-बड़े ऋषि-मुनि भी नतमस्तक होते थे। भगवान् महादेव भी अपने इस भक्त को पुत्र के समान समझते थे। वृषध्वज के मार्ग के समस्त काँटे वे पल भर में हटा देते थे। यही कारण था कि एक-दूसरे के प्रति दोनों का प्रेम संसार में प्रसिद्ध था।

लेकिन धीरे-धीरे वृषध्वज के मन में भगवान् शिव के अतिरिक्त किसी अन्य देवता के लिए श्रद्धा और भक्ति का भाव पूर्णतः समाप्त हो गया। वह अन्य देवताओं को तुच्छ समझने लगा। यहाँ तक कि वह भगवान् विष्णु और महालक्ष्मी का भी निरादर करने लगा। उसके राज्य में सुख-समृद्धि हेतु प्रतिवर्ष एक विशाल उत्सव का आयोजन कर श्रीविष्णु और महालक्ष्मी का पूजन किया जाता था। वृषध्वज ने उस आयोजन को भी बंद करवा दिया। उसने कानून बनाकर राज्य में शिव-आराधना के अतिरिक्त अन्य देवताओं की पूजा बंद करवा दी।

एक बार वृषध्वज भ्रमण करते हुए नदी-तट की ओर निकल आया। वहाँ उसकी दृष्टि कुछ ऋषियों पर पड़ी, जो सूर्य को अर्घ्य देकर उसकी उपासना कर रहे थे। यह देख वृषध्वज अत्यंत क्रोधित हुआ और गरजते हुए बोला, ''हे ऋषियो! तुम्हें शायद नहीं पता कि मेरे राज्य में भगवान् शिव के अतिरिक्त अन्य देवताओं की पूजा वर्जित है। सूर्य-उपासना कर तुम घोर अपराध कर रहे हो। यह कर्म बंद करके भगवान् शिव से क्षमा-याचना करो।''

''राजन्, सभी देवगण परब्रह्म के अंश से उत्पन्न हुए हैं। इसलिए संसार में वे एक

समान पूजनीय हैं। भगवान् शिव सभी देवताओं में श्रेष्ठ हैं, लेकिन इससे अन्य देवताओं का महत्त्व क्षीण नहीं होता। श्रीविष्णु, इंद्र, सूर्य, अग्नि, वरुण आदि देवता भी परम दयालु और आदरणीय हैं। सूर्य-उपासना करके हमने कोई अपराध नहीं किया है। इसलिए क्षमा माँगने का प्रश्न ही नहीं उठता।" ऋषियों ने प्रत्युत्तर दिया।

वृषध्वज के नेत्रों में अंगारे दहकने लगे और वह ऋषियों पर कोड़े बरसाने लगा। ऋषिगण सूर्यदेव को पुकारने लगे। उनकी पुकार सुनकर भगवान् सूर्य साक्षात् प्रकट हुए और वृषध्वज को श्रीहीन एवं बलहीन होने का शाप दे दिया।

जब यह बात भगवान् शिव को पता चली तो वे त्रिशूल लेकर सूर्यदेव को दंडित करने चल पड़े। सूर्यदेव प्राण बचाकर ब्रह्माजी की शरण में गए और उन्हें सारी बात बताकर सहायता करने की प्रार्थना की। ब्रह्माजी जानते थे कि भगवान् शिव का क्रोध शांत करना असंभव है। यह कार्य श्रीविष्णु के अतिरिक्त कोई और नहीं कर सकता। अतः वे सूर्य को साथ लेकर श्रीविष्णु की शरण में पहुँचे।

तभी भगवान् शिव भी वहाँ आ पहुँचे। सूर्य को श्रीविष्णु की शरण में देख उन्होंने

त्रिशूल एक ओर रख दिया और विनम्र स्वर में बोले, ''प्रभु, सूर्य के शाप के कारण वृषध्वज की लक्ष्मी, बल और विवेक नष्ट हो चुका है। अब आप उसकी शाप-मुक्ति का कोई उपाय बताएँ।''

श्रीविष्णु बोले, ''महादेव, यद्यपि उस घटना को बीते अभी कुछ ही क्षण हुए हैं, लेकिन इतनी सी देर में पृथ्वी पर इक्कीस युग बीत चुके हैं। वृषध्वज काल का ग्रास बन चुका है। इस समय उसके पौत्र धर्मध्वज और कुशध्वज शाप-मुक्ति के लिए महालक्ष्मी की आराधना कर रहे हैं। कुछ समय बाद महालक्ष्मी अपने अंश से उनके घर पुत्री-रूप में जन्म लेंगी। तब वे पुनः श्री से संपन्न हो जाएँगे।''

यह सुनकर भगवान् शिव का क्रोध शांत हो गया और वे कैलास लौट गए। इस प्रकार भगवान् विष्णु ने शरण में आए सूर्यदेव की रक्षा की।

□

पक्षी-योनि

एक बार नंदन वन में देवराज इंद्र अप्सराओं एवं अपने सेवकों के साथ ठहरे हुए थे। तभी देवर्षि नारद वहाँ आ निकले। इंद्र ने उनका यथोचित सत्कार किया और आदरपूर्वक अपने निकट बैठाया।

नारदजी प्रसन्न होकर बोले, ''देवेंद्र, आपके ऐश्वर्य और वैभव की तुलना किसी से नहीं की जा सकती। आपकी भव्य सभा में बैठने का सौभाग्य भाग्यशाली व्यक्ति को ही मिलता है। आपकी उपस्थिति मात्र ही साधारण-से-साधारण स्थान को स्वर्ग के समान प्रकाशित और भव्य बना देती है।''

इंद्र बोले, ''देवर्षि, यह सब भगवान् विष्णु और महालक्ष्मी की कृपा से ही संभव है। उनकी कृपादृष्टि निर्धन व्यक्ति को भी इंद्र पद पर सुशोभित कर सकती है। उन्हीं के आशीर्वाद से मुझे यह सब सुख, समृद्धि, ऐश्वर्य एवं वैभवता प्राप्त हुई है।''

यह कहकर इंद्र ने नारदजी को अप्सराओं का नृत्य देखने के लिए आमंत्रित किया। नारदजी बोले, ''देवेंद्र, आपके पास एक से बढ़कर एक सुंदर अप्सराएँ हैं, जो नृत्यकला में पूर्णतः निपुण हैं। उनका रूप-सौंदर्य और नृत्य बड़े-से-बड़े योगी को भी विचलित कर देता है। परंतु मैं केवल उसी अप्सरा का नृत्य देखना पसंद करूँगा जो सभी अप्सराओं में सबसे सुंदर, श्रेष्ठ और नृत्यकला में निपुण हो।''

उस समय वहाँ मेनका, उर्वशी, रंभा, घृताची, मिश्रकेशी आदि अप्सराएँ उपस्थित थीं। नारदजी की बात सुनकर उनमें विवाद छिड़ गया। सभी स्वयं को श्रेष्ठ अप्सरा बताने लगीं। स्थिति बिगड़ते देख इंद्र ने उन्हें शांत किया और नारदजी से बोले, ''देवर्षि, श्रेष्ठ अप्सरा का प्रश्न आपने उठाया है। इसलिए अब आप ही इनमें से श्रेष्ठ और सुंदर अप्सरा

का चुनाव करें।''

नारदजी हँसते हुए बोले, ''सुंदरियो! आपको इस प्रकार विवाद करना शोभा नहीं देता। श्रेष्ठ कौन है, इसका निर्णय तो बड़ी सरलता से किया जा सकता है। यहाँ निकट के वन में महर्षि दुर्वासा तपस्या कर रहे हैं। आप में से जो उनका तप खंडित कर देगी, वह ही सबसे श्रेष्ठ और सुंदर अप्सरा होगी।''

नारदजी की बात सुनकर सभी अप्सराएँ सोच में पड़ गईं। महर्षि दुर्वासा के क्रोध के विषय में उन्होंने अनेक घटनाएँ सुनी थीं। वे पल भर में क्रोधित होकर किसी को कोई भी शाप दे देते थे। उनके तप को खंडित करने का साहस किसी में नहीं था। सभी सिर झुकाकर खड़ी हो गईं।

परंतु अप्सराओं के उस समूह में एक अप्सरा ऐसी भी थी जिसे अपनी सुंदरता और नृत्यकला पर बड़ा गर्व था। उसका नाम 'वपु' था। उसने नारदजी का प्रस्ताव स्वीकार कर लिया और दुर्वासा मुनि की तपस्या खंडित करने चल पड़ी।

महर्षि दुर्वासा अनेक वर्षों से कठोर तपस्या कर रहे थे। वपु उनके समक्ष जाकर

मधुर स्वर में गान करते हुए नृत्य करने लगी। उसकी स्वर-लहरियों और पायल की झंकार से महर्षि का ध्यान खंडित होने लगा। यह देख दुर्वासा के क्रोध का ठिकाना न रहा। उन्होंने उसी समय वपु को पक्षी-योनि में जन्म लेने का शाप दे दिया। वपु को गलती का अहसास हुआ तो अपने अपराध की क्षमा माँगने लगी।

तब दुर्वासा मुनि बोले, ''हे सुंदरी! तुम्हारा अपराध क्षमा योग्य नहीं है। फिर भी तुमने हृदय से अपने अपराध को स्वीकार किया है, इसलिए तुम केवल सोलह वर्ष तक पक्षी-योनि में रहोगी। तदनंतर चार पुत्रों को जन्म देकर पुनः अपने वास्तविक स्वरूप में लौट आओगी।''

इस प्रकार महर्षि दुर्वासा के शाप के कारण वपु को सोलह वर्ष पक्षी-योनि में बिताने पड़े।

□

धर्म-विमुख

राजा दिष्ट का नाभाग नामक एक पुत्र था, जो अत्यंत सुंदर और वीर था। एक बार नाभाग नगर-भ्रमण कर रहा था कि उसकी दृष्टि एक सुंदर युवती पर पड़ी। उसके रूप-सौंदर्य ने नाभाग को मोहित कर दिया। उसने युवती से उसका परिचय पूछा।

युवती बोली, ''राजकुमार, मेरा नाम मंदावती है। मैं सुदर्शन नामक व्यापारी की पुत्री हूँ। मेरे पिता मंदावती के बहुत प्रसिद्ध व्यापारी हैं।''

''सुंदरी! तुम्हारे सौंदर्य और चंचल अदाओं ने मेरा मन जीत लिया है। तुम्हारे तीखे नयन मेरे हृदय को भेद रहे हैं। मेरे अंग-अंग में प्रेम की लहरियाँ दौड़ रही हैं। अब तुम्हारे बिना मेरा जीवित रहना असंभव है। सुंदरी, मैं तुमसे विवाह करना चाहता हूँ।'' नाभाग ने अपने हृदय की बात मंदावती को बता दी।

मंदावती शरमाते हुए बोली, ''राजकुमार, आपको देखकर मेरे हृदय में भी प्रेम का अंकुर फूट गया है। आपके बलिष्ठ शरीर और मोहक मुसकान ने मेरे मन-मस्तिष्क पर अधिकार कर लिया है। मैं भी आपके साथ विवाह करना चाहती हूँ। परंतु समाज के नियम के अनुसार आपको मेरे पिताजी के पास जाकर उनसे मेरा हाथ माँगना चाहिए। वे यदि चाहेंगे तो हमारा विवाह अवश्य होगा।'' यह कहकर मंदावती वहाँ से चली गई।

नाभाग मंदावती से विवाह करने का निश्चय कर चुका था। अत: वह उसी समय सुदर्शन के घर पहुँच गया। सुदर्शन ने उसका यथोचित सत्कार किया और वहाँ आने का कारण पूछा।

नाभाग बोला, ''मान्यवर, मैं आपकी पुत्री मंदावती से प्रेम करता हूँ और उससे विवाह करना चाहता हूँ। परंतु इसके लिए मुझे आपकी आज्ञा और आशीर्वाद चाहिए।''

सुदर्शन मुसकराते हुए बोला, ''राजकुमार, आप शायद भूल रहे हैं कि आप क्षत्रिय और हम वैश्य हैं। किसी भी दृष्टि से हम आपके योग्य नहीं हैं। आपके पिताजी क्षत्रिय और वैश्य का यह संबंध कदापि स्वीकार नहीं करेंगे। किंतु फिर भी, यदि आप मंदावती से विवाह करना चाहते हैं तो सर्वप्रथम अपने पिता की आज्ञा प्राप्त करें।''

महल में लौटकर नाभाग ने पिता को सारी बात बताई। यद्यपि राजा दिष्ट नाभाग का विवाह किसी वैश्य की कन्या के साथ नहीं करना चाहते थे। फिर भी पुत्र की इच्छा देखते हुए उन्होंने कुलगुरु ऋचीक मुनि से इस विषय में परामर्श लिया। ऋचीक मुनि बोले, ''राजन्, इस विवाह में कोई दोष नहीं है। परंतु राजकुमार का प्रथम विवाह किसी क्षत्रिय कन्या के साथ ही होना चाहिए। उसके बाद वे वैश्य कन्या के साथ विवाह कर सकते हैं। ऐसा न करने पर राजकुमार अपने धर्म से विमुख हो जाएँगे।''

राजा दिष्ट ने नाभाग के समक्ष सारी स्थिति स्पष्ट कर दी। परंतु नाभाग किसी भी स्थिति में दूसरी कन्या के साथ विवाह करने को सहमत न हुआ। अंततः उसने मंदावती का हरण कर लिया। सुदर्शन ने सहायता के लिए राजा दिष्ट के दरबार में गुहार लगाई। दिष्ट अस्त्र-शस्त्र धारण कर नाभाग से युद्ध करने चल पड़े। दोनों में भयंकर युद्ध छिड़ गया। जब युद्ध का कोई परिणाम न निकला, तब परिव्राट मुनि दिष्ट से बोले, ''राजन्, वैश्य कन्या के साथ विवाह करने के कारण नाभाग क्षत्रिय धर्म से विमुख हो गया है। इसलिए उसके साथ युद्ध करना उचित नहीं है।''

दिष्ट युद्ध बंद कर महल में लौट आए। तदनंतर नाभाग वैश्य होकर वाणिज्य, कृषि और पशुपालन आदि कार्य करने लगा।

□

पाँचवाँ वेद

एक बार पराशर ऋषि तीर्थ करते हुए यमुना तट पर पहुँचे और मछुआरे से नदी पार पहुँचाने का निवेदन किया। उस समय मछुआरा भोजन कर रहा था। अत: उसने अपनी पुत्री मत्स्यगंधा को ऋषि को नदी पार पहुँचाने के लिए कहा।

मत्स्यगंधा ऋषि को नदी पार कराने लगी। एकाएक ऋषि की दृष्टि उसकी सुंदर देह पर पड़ी तो दैववश उनके मन में काम जाग उठा। उन्होंने मत्स्यगंधा से प्रेम-निवेदन किया।

'प्रेम-निवेदन अस्वीकार करने पर ऋषि मुझे शाप दे सकते हैं।' यह सोचकर मत्स्यगंधा चतुराई से बोली, ''ऋषिवर, मैं मछली की दुर्गंधवाली हूँ। मुझे देखकर आपके मन में कामभाव कैसे उत्पन्न हो गया? ऋषिवर, मैं दुर्गंधा हूँ। यदि हम दोनों समान रूपवान् हों, तभी प्रेम का पूर्ण सुख मिल सकता है।''

तब पराशर ने तपोबल से मत्स्यगंधा को कस्तूरी की सुगंधवाली (योजनगंधा) बना दिया और उसका नामकरण 'सत्यवती' कर दिया। अब सत्यवती ने कहा कि 'अभी दिन है', तो मुनि ने कुहरा उत्पन्न कर दिया, जिससे वहाँ अँधेरा छा गया। तब सत्यवती ने प्रार्थना की, ''विप्रवर, मैं कुँवारी हूँ। इस प्रकार विवाह से पूर्व प्रेम-संबंध स्थापित करने से मेरा जीवन नष्ट हो जाएगा।''

पराशर बोले, ''चिंता मत करो, सुंदरी! मुझसे प्रेम-संबंध बनाने के बाद भी तुम पहले के समान कन्या बनी रहोगी। इसके अतिरिक्त तुम जो चाहो, वर माँग लो।''

सत्यवती बोली, ''जगत् में मेरे माता-पिता इस रहस्य को न जान सकें। मेरा कौमार्य भंग न हो। यह सुगंध सदा बनी रहे। मैं सदा नवयुवती रहूँ और मेरे एक तेजस्वी पुत्र उत्पन्न हो।''

पराशर ने उसकी सभी इच्छाएँ पूरी कीं और अपनी इच्छा पूरी करके वहाँ से आगे चले गए। कालांतर में सत्यवती ने यमुना में विकसित हुए एक छोटे से द्वीप पर वेदव्यास को जन्म दिया। श्याम वर्ण होने के कारण उनका नाम 'कृष्ण' रखा गया तथा द्वीप पर जन्म लेने के कारण उन्हें 'कृष्ण द्वैपायन' कहा जाने लगा।

युवा होने पर व्यासजी तपस्या में लीन हो गए और द्वापर युग के अंतिम चरण में वेदों का संपादन करने में जुट गए। वेदों का विस्तार करने से ही उनका नाम 'वेदव्यास' पड़ गया।

वेदों के संपादन के बाद महर्षि व्यास के मन में एक ऐसे महाकाव्य की रचना करने का विचार आया, जिससे संसार लाभान्वित हो सके। वे मार्गदर्शन हेतु ब्रह्माजी के पास गए।

ब्रह्माजी बोले, ''ऋषिश्रेष्ठ! आपका विचार अति उत्तम है। आप गणेशजी से प्रार्थना करें कि वे इस कार्य में आपकी सहायता करें।''

व्यासजी ने भगवान् गणेश की स्तुति की और उनसे अपने ग्रंथ के लिपिक बनने की प्रार्थना की।

गणेशजी बोले, ''ऋषिवर, मुझे आपका प्रस्ताव स्वीकार है; किंतु याद रखें, मेरी लेखनी एक पल के लिए भी रुकनी नहीं चाहिए।''

व्यासजी बोले, ''ऐसा ही होगा, भगवन्! परंतु आप भी कोई श्लोक तब तक नहीं लिखेंगे, जब तक उसका अर्थ न समझ लें।''

गणेशजी ने शर्त स्वीकार कर ली।

इस प्रकार, महर्षि व्यास ने 'जय' नामक एक ऐतिहासिक काव्य लिखा, जिसे वैशंपायन मुनि ने कुछ बढ़ाकर उसका नाम 'भारत' रखा। तदनंतर रोमहर्षण के पुत्र उग्रश्रवा ने उसमें और कथाएँ जोड़ दीं और 'महाभारत' की रचना संपन्न हुई। इसे 'पाँचवाँ वेद' भी कहा जाता है।

□

आठवाँ पुत्र

इक्ष्वाकु वंश में महाभिष नामक राजा हुए। उन्हें अपने सत्कर्मों के कारण स्वर्ग में स्थान मिला। वे देवताओं के समान इंद्र की सभा में सम्मिलित होते थे। एक बार इंद्र ने एक सभा का आयोजन किया, जिसमें उन्होंने विष्णु, शिव तथा ब्रह्माजी सहित अनेक ऋषि-मुनियों को आमंत्रित किया। इस अवसर पर देवी गंगा भी उपस्थित थीं।

गंगा के रूप ने महाभिष को सम्मोहित कर दिया। वे एकटक उन्हें देखने लगे। गंगा भी उन्हें देखकर धीरे-धीरे मुसकरा रही थीं। ब्रह्माजी ने इसे सभा का अपमान समझा और क्रोध से काँपने लगे। उन्होंने उसी समय दोनों को पृथ्वी लोक में जन्म लेने का शाप दे दिया। शापवश महाभिष ने हस्तिनापुर के राजा प्रतीप के घर जन्म लिया तथा शांतनु नाम से प्रसिद्ध हुए। प्रतीप के बाद उन्होंने सिंहासनारूढ़ होकर राज्य का कार्यभार बड़ी कुशलता से सँभाला। उनके राज्य में चारों ओर समृद्धि और वैभव का वास था।

एक बार शांतनु भ्रमण करते हुए गंगा-तट पर पहुँचे। वहाँ उनकी भेंट गंगा से हुई। उन्हें देख शांतनु के मन में प्रेम उत्पन्न हो गया। उन्होंने गंगा से विवाह की इच्छा जताई। गंगा ने विवाह-प्रस्ताव स्वीकार करते हुए एक शर्त रखी, ''राजन्, आपको वचन देना होगा कि विवाह के बाद आप मेरे किसी भी कार्य में विघ्न उत्पन्न नहीं करेंगे और न ही कभी उसके बारे में पूछेंगे। यदि आपने ऐसा किया तो मैं आपको छोड़कर चली जाऊँगी।'' शांतनु ने गंगा की शर्तें स्वीकार कर उनसे विधिवत् विवाह कर लिया। विवाह के बाद गंगा ने एक-एक कर सात पुत्रों को जन्म दिया। परंतु जन्म लेते ही वे पुत्रों को जल में प्रवाहित कर देती थीं। यह देखकर शांतनु अत्यंत दु:खी थे; किंतु वचन में बँधे होने के कारण उन्होंने गंगा को कभी नहीं रोका। आठवें पुत्र को जन्म देने के बाद जब

गंगा उसे बहाने के लिए जाने लगीं तब शांतनु का धैर्य टूट गया। उन्होंने गंगा से इस कृत्य का कारण पूछा तथा उस पुत्र को प्रवाहित न करने की प्रार्थना की।

गंगा बोलीं, "राजन्, एक बार द्यौ नामक वसु ने अपने भाइयों के साथ मिलकर महर्षि वसिष्ठ की नंदिनी गाय चुरा ली थी। वसिष्ठ ऋषि ने उन्हें मनुष्य-योनि में जन्म लेने का शाप दे दिया। बाद में वसुओं की क्षमा-याचना पर उन्होंने उनकी मुक्ति का उपाय बताते हुए कहा कि द्यौ को छोड़कर सभी सातों वसु जन्म लेते ही मनुष्य-योनि से मुक्त हो जाएँगे। द्यौ अत्यंत दुष्ट और अहंकारी है। इसे अपने अपराध का दंड अवश्य भोगना होगा। राजन्, आपके पुत्र वसु ही थे। जल में प्रवाहित करके मैंने उनका उद्धार किया है। आपका यह आठवाँ पुत्र द्यौ नामक वसु है, जिसे शापवश अनेक वर्षों तक जीवित रहकर अनेक दुःख उठाने पड़ेंगे। राजन्, आपने शर्तों का उल्लंघन किया है, इसलिए अब मुझे जाने की आज्ञा दीजिए। उचित समय आने पर मैं आपके पुत्र को लौटा दूँगी।"

शांतनु ने गंगा को रोकने का बहुत प्रयास किया, लेकिन वे पुत्र को लेकर वहाँ से चली गईं।

धीरे-धीरे कई वर्ष बीत गए। एक दिन शांतनु ने गंगा-तट पर एक युवक को देखा, जिसने अपने बाणों से जल के वेग को रोक दिया था। यह देख शांतनु अत्यंत विस्मित हुए। उन्होंने युवक से उसका परिचय पूछा। तभी वहाँ गंगा प्रकट हुईं। उन्होंने शांतनु से कहा, ''राजन्, यह आपका पुत्र देवव्रत है। इसे स्वीकार करें।''

पुत्र को पाकर शांतनु अत्यंत प्रसन्न हुए। हस्तिनापुर लौटकर उन्होंने देवव्रत को युवराज घोषित कर दिया।

एक बार शांतनु सत्यवती पर मोहित हो गए। सत्यवती के पिता ने शर्त रखी कि उसकी पुत्री के गर्भ से उत्पन्न पुत्र ही हस्तिनापुर का उत्तराधिकारी बनेगा, तभी यह विवाह संभव है। तब पितृभक्त देवव्रत ने आजीवन अविवाहित रहने की प्रतिज्ञा की। इस भीषण प्रतिज्ञा के कारण ही वे 'भीष्म' नाम से प्रसिद्ध हुए। उनकी पितृभक्ति से प्रसन्न होकर शांतुन ने उन्हें इच्छा-मृत्यु का वरदान दिया था।

इस प्रकार भीष्म अविवाहित रहते हुए जीवन भर हस्तिनापुर की सेवा करते रहे।

□

देव-देवियाँ

सृष्टि से पूर्व सारा ब्रह्मांड जलमग्न था। उस समय केवल परब्रह्म भगवती जगदंबा ही अदृश्य रूप में विद्यमान थीं। सर्वप्रथम उनके मन में ही सृष्टि-रचना का विचार उत्पन्न हुआ। उन्होंने अपने अंश से श्रीविष्णु को उत्पन्न कर उन्हें दिव्य ज्ञान प्रदान किया। तदनंतर विष्णु भगवती का ध्यान करते हुए तपस्या में लीन हो गए।

इस प्रकार श्रीविष्णु को तपस्या करते हुए सहस्रों वर्ष बीत गए। उनके तप का तेज उनकी नाभि से कमल-पुष्प के रूप में प्रकट हुआ। अनेक वर्षों के बाद यह कमल-पुष्प विकसित हुआ। इसी पुष्प में से ब्रह्माजी उत्पन्न हुए। अपने चारों ओर अथाह जल देख ब्रह्माजी अत्यंत विस्मित हुए। तभी उनकी दृष्टि श्रीविष्णु पर पड़ी। भयभीत होकर वे उस दिव्य पुरुष के विषय में सोचने लगे।

तभी एक दिव्य आकाशवाणी ने उन्हें भगवती जगदंबा के निराकार रूप के बारे में बताकर तपस्या के लिए प्रेरित किया। ब्रह्माजी तप में लीन हो गए। तत्पश्चात् शिव उत्पन्न हुए। भगवती जगदंबा की प्रेरणा से वे भी तपस्या करने लगे।

अनेक युगों की तपस्या के बाद अंततः भगवती जगदंबा प्रसन्न हुईं और त्रिदेवों को दर्शन देते हुए बोलीं, ''पुत्रो, तुम तीनों मेरे ही अंश से उत्पन्न हुए हो। मैं ही साकार होकर तुम तीनों में प्राण-शक्ति के रूप में विद्यमान हूँ। हे त्रिदेवो! तुम्हारी उत्पत्ति का उद्देश्य सृष्टि की उत्पत्ति और उसके कार्य को सुचारु रूप से चलाना है। तुम तीनों प्रधान देवताओं से ही सृष्टि का आरंभ माना जाएगा। मैं ब्रह्मा को सृष्टि-रचना, विष्णु को सृष्टि-पालन तथा शिव को सृष्टि-संहार का कार्य सौंपती हूँ।''

''आपकी आज्ञा हमें स्वीकार्य है। परंतु माते! हम किन लोकों में निवास करते हुए

सृष्टि के कार्यों को सुचारु रूप से चलाएँगे? कृपया हमारे लिए उपयुक्त स्थान निर्धारित करें।'' त्रिदेवों ने विनती की।

तब भगवती जगदंबा ने त्रिदेवों के लिए ब्रह्म-लोक, विष्णु-लोक तथा शिव-लोक की स्थापना की। भगवती की आज्ञा से तीनों देव सृष्टि-निर्माण में जुट गए।

एक बार सृष्टि-रचना करते समय ब्रह्माजी सोचने लगे कि विद्या, वैभवता, ऐश्वर्य और भय के बिना सृष्टि सौंदर्यविहीन है। विद्या का अभाव जीवन के उद्देश्य को जानने तथा ब्रह्म-प्राप्ति में सबसे बड़ा अवरोध है। इसी प्रकार वैभवता और ऐश्वर्य के बिना सृष्टि की सुंदरता अकल्पनीय है। भय के न होने से मनुष्य पाप करने से नहीं डरते। अतः इनकी उत्पत्ति आवश्यक है। इस विषय में उन्होंने श्रीविष्णु और शिव से परामर्श किया।

अंततः वे तीनों भगवती जगदंबा के लोक में पहुँचे। उनके महल में प्रवेश करते ही त्रिदेव स्त्रियों में परिवर्तित हो गए। वे सुंदर वस्त्र-आभूषणों से अलंकृत थे। स्वयं को स्त्री-रूप में देखकर त्रिदेव बड़े विस्मित हुए। तभी वहाँ भगवती जगदंबा प्रकट हुईं। त्रिदेवों ने उनकी इस माया के विषय में पूछा।

तब भगवती बोलीं, ''त्रिदेवो! आप जिन प्रश्नों को लेकर मेरे पास आए हैं, यह उन्हीं का उत्तर है। स्त्री-रूप से ही मनुष्यों को ज्ञान, वैभव, ऐश्वर्य और भय का मिश्रित फल प्राप्त होगा। ये तीनों रूप मेरे अंश से ही उत्पन्न हुए हैं। संसार में ये सरस्वती, लक्ष्मी और दुर्गा के नाम से विख्यात होंगे। सरस्वती ब्रह्माजी की सहचरी बनकर संसार में ज्ञान की ज्योति जलाएँगी। लक्ष्मी विष्णु की अर्धांगिनी बनकर संसार को वैभव और ऐश्वर्य प्रदान करेंगी। मनुष्यों में पाप-कर्मों के प्रति भय उत्पन्न का कार्य दुर्गा करेंगी। वह शिव के साथ निवास करेंगी।''

इसके बाद त्रिदेवों के शरीर से तीनों स्त्री-रूप अलग होकर सरस्वती, लक्ष्मी और दुर्गा के रूप में साकार हो गए। तदनंतर उन्होंने त्रिदेवों का वरण किया।

□

मैत्री

विरोचन का पुत्र बलि अत्यंत वीर, पराक्रमी और तपस्वी था। दैत्यों में वह सबसे शक्तिशाली था। यही कारण था कि प्रह्लाद के बाद बलि को दैत्यों का राजा बनाया गया। राजा बनते ही बलि ने दैत्य-सेना एकत्रित कर स्वर्ग पर आक्रमण कर दिया। उसकी सेना में उसी के समान और भी अनेक वीर दैत्य थे। उन्होंने मिलकर देवताओं को लोहे के चने चबवा दिए। युद्ध में धीरे-धीरे दैत्यों का पक्ष मजबूत होता गया।

अंततः ब्रह्माजी के परामर्श पर देवगण भगवान् विष्णु की शरण में गए और उनकी स्तुति करते हुए बोले, "हे दयानिधान! हे जगत् के पालनहार! हे भक्त-वत्सल! हे श्रीहरि! हमारी रक्षा करो, भगवन्! दैत्यों ने स्वर्ग पर आक्रमण कर दिया है। उनका नेतृत्व बलि नामक एक परम शक्तिशाली दैत्य कर रहा है। उसकी शक्तियों के समक्ष हम कमजोर और असहाय हैं। प्रभु, आपके बिना हमारी पराजय निश्चित है। इसलिए हे कृपालु! अस्त्र-शस्त्र धारण कर युद्ध में हमारी सहायता करें।"

दैत्यों के दुःसाहस के बारे में सुनकर श्रीविष्णु क्रोधित हो उठे तथा उसी समय युद्ध के लिए चल पड़े।

रणभूमि में उनका सामना अनेक शक्तिशाली दैत्यों से हुआ। उन्होंने अपने बाणों से उन्हें काल का ग्रास बना दिया। कुछ ही पलों में दैत्य पक्ष के अनेक वीर योद्धा मारे गए और वे स्वर्ग छोड़कर भाग खड़े हुए।

शुक्राचार्य दैत्यों के परम हितैषी और तंत्र-मंत्र के ज्ञाता थे। केवल वे ही ऐसे सिद्ध मुनि थे, जो देवताओं के विरुद्ध दैत्यों की सहायता करते थे। इसी कारण वे दैत्यगुरु के पद पर प्रतिष्ठित थे। देवासुर संग्राम में पराजित होने के बाद दैत्य उनकी शरण में गए

और प्राण-रक्षा की प्रार्थना करने लगे।

शुक्राचार्य उन्हें दिलासा देते हुए बोले, "भय त्याग दो, वत्स, मेरे होते हुए देवता कभी तुम्हारा अनिष्ट नहीं कर सकते। तुम मेरी शरण में आए हो, इसलिए मैं तंत्र, मंत्र और सिद्धियों से तुम्हारी हरसंभव सहायता करूँगा। इससे तुम्हारा बल और शौर्य निरंतर बढ़ेगा।"

शुक्राचार्य के आश्वासन दिए जाने पर दैत्यों का भय दूर हो गया। तदनंतर वे भी दैत्यगुरु के परामर्श के अनुसार यज्ञ-हवनादि करके शक्तियाँ अर्जित करने लगे।

'दैत्यगुरु शुक्राचार्य ने दैत्यों को अभय प्रदान किया है तथा उनकी शरण में जाकर दैत्य और भी शक्तिशाली हो रहे हैं,' यह समाचार शीघ्र ही देवताओं तक जा पहुँचा।

'सर्प हमें डसे, इससे पूर्व उसका फन कुचल देना चाहिए'-यह निश्चय कर देवताओं ने अस्त्र-शस्त्र धारण किए और ढूँढ़-ढूँढ़कर दैत्यों का संहार करने लगे। जहाँ भी उन्हें दैत्य मिल जाता, वे उसे काल का ग्रास बना देते। देवताओं के इस कार्य से दैत्यों में आतंक फैल गया। दैत्यगुरु को इसके बारे में सूचित किया गया।

तब शुक्राचार्य उन्हें समझाते हुए बोले, ''पुत्रो, विष्णु-शक्ति के कारण देवता अत्यंत शक्तिशाली और निर्भय हो गए हैं। उन्हें पराजित करने के लिए विशेष सिद्धियों की आवश्यकता होगी। मैं शीघ्र ही कैलास जाकर भगवान् शिव से दिव्य शक्तियाँ प्राप्त करता हूँ। जब तक मैं लौटकर नहीं आता, तब तक तुम देवताओं से मैत्री कर लो। तदनंतर हम मिलकर देवताओं को पराजित करेंगे।'' यह कहकर शुक्राचार्य कैलास पर चले गए।

दैत्यों के पास प्राण-रक्षा का यही एकमात्र उपाय था। अतः वे देवताओं के पास गए और अस्त्र-शस्त्र त्यागकर उनसे मैत्री कर ली। दैत्यों की कुटिल चाल को देवगण समझ न सके।

'दैत्य उनके बल, पराक्रम और शक्ति से भयभीत हो गए। अब वे कभी उनके सामने सिर उठाने की हिम्मत नहीं करेंगे', यह सोचकर देवता निश्चिंत हो गए।

इस प्रकार दैत्यों ने देवताओं को भ्रमित कर अपनी प्राण-रक्षा की।

□

लक्ष्मी-पुत्र एकवीर

ययाति वंश में हरिवर्मा नामक एक धर्मात्मा राजा हुए। उनका विवाह कांति नामक राजकुमारी से हुआ। कांति अत्यंत साध्वी, पतिव्रता और श्रेष्ठ गुणों से संपन्न थी। विवाह उपरांत दोनों सुखपूर्वक गृहस्थ जीवन का निर्वाह करने लगे। अब उन्हें अपने राजवंश को आगे बढ़ानेवाले कुलदीपक की प्रतीक्षा थी। परंतु अनेक वर्ष बीतने के बाद भी वे संतान-सुख से वंचित रहे। दिन-प्रतिदिन उनकी चिंता बढ़ती जा रही थी।

एक दिन उनके महल में देवर्षि नारद का आगमन हुआ। हरिवर्मा को चिंतित देखकर उन्होंने इसका कारण पूछा। हरिवर्मा दु:खी स्वर में बोले, ''मुनिवर, आपसे कुछ भी छिपा नहीं है। हमारे विवाह को कई वर्ष बीत चुके हैं, लेकिन अभी तक हमें संतान-सुख प्राप्त नहीं हुआ। यह महल बच्चे की किलकारियों से गूँजने को तरस रहा है। मुनिवर, आप जानते ही हैं कि संतान ही परलोक में उद्धार का एकमात्र साधन है। उसके बिना मनुष्य को मृत्यु के बाद भी शांति नहीं मिलती। भगवन्, आप परम तपस्वी और ज्ञानी हैं। आप ही इस विषय में हमारा मार्गदर्शन करें।''

कुछ देर ध्यान लगाने के बाद नारद बोले, ''हे राजन्! आपके भाग्य में बड़ा विचित्र योग है। इसके कारण आप और रानी कांति के अंश से संतान उत्पन्न नहीं होगी। परंतु इसके बाद भी आपको संतान-सुख अवश्य मिलेगा। राजन्, इस सृष्टि में केवल भगवान् विष्णु ही भक्तों की सभी इच्छाओं को पूर्ण करते हैं। इसलिए आप उनकी शरण में जाएँ। वे आपको पुत्र अवश्य प्रदान करेंगे।''

नारदजी के परामर्श पर हरिवर्मा संतान-प्राप्ति के लिए कठोर तपस्या करने लगे। इस प्रकार तपस्या करते हुए उन्हें अनेक वर्ष व्यतीत हो गए। जब उनके तेज से तीनों

लोक जलने लगे, तब भगवान् विष्णु प्रसन्न होकर साक्षात् प्रकट हुए और वर माँगने के लिए कहा।

हरिवर्मा उनकी स्तुति करते हुए बोले, "हे कृपालु! हे भक्त-वत्सल! हे भगवन्! आपको बारंबार नमन। आप ही सृष्टि के पालनहार हैं; आप ही भक्तों को भय प्रदान करनेवाले तथा उन्हें सभी भोग प्रदान करनेवाले हैं। प्रभु, मेरी मनोकामना भी पूर्ण करें; मुझे अपने समान एक तेजस्वी, वीर, धर्मात्मा और बुद्धिमान पुत्र प्रदान करें।"

श्रीविष्णु बोले, "वत्स, तुम्हारे भाग्य में संतान का योग नहीं है। परंतु फिर भी मैं तुम्हारी इच्छा पूर्ण करूँगा। वत्स, शापवश देवी लक्ष्मी को अश्व-योनि में जन्म लेना पड़ा। उनके उद्धार के लिए मैंने अश्व-रूप में उनके साथ संयोग किया, जिसके फलस्वरूप एक दिव्य बालक का जन्म हुआ। इस समय वह बालक यमुना और तमसा नदी के पावन संगम पर सुरक्षित है। तुम उसे स्वीकार करो। मेरा अंश-रूप होने के कारण वह मेरे समान ही परम तेजस्वी और वीर होगा। शत्रु उसके नाम से भयभीत होंगे; दसों दिशाओं में उसके नाम की गूँज होगी।" यह कहकर श्रीविष्णु वहाँ से अंतर्धान हो गए।

हरिवर्मा शीघ्रता से श्रीविष्णु द्वारा बताए गए स्थान पर जा पहुँचे। वहाँ उन्हें पत्तों के बिछौने पर एक दिव्य बालक सोता हुआ दिखाई दिया। उन्होंने स्नेहवश बालक को गोद में उठाकर गले से लगा लिया तथा प्रसन्नतापूर्वक महल में ले आए। पुत्र पाकर कांति के हृदय में प्रसन्नता की लहर दौड़ गई।

कुछ दिनों के बाद हरिवर्मा ने एक भव्य उत्सव का आयोजन कर पुत्र का नामकरण किया। बालक का नाम 'एकवीर' रखा गया। इस अवसर पर याचकों और ब्राह्मणों को भरपूर दान-दक्षिणा दी गई।

एकवीर के युवा होने पर हरिवर्मा ने उसका राज्याभिषेक कर दिया तथा स्वयं पत्नी सहित वन में तपस्या करने चले गए। तपस्या करते हुए वे श्रीविष्णु के श्रीचरणों में लीन हो गए।

□

वीर एकवीर

राजा रैभ्य का विवाह रुक्मरेखा के साथ हुआ था। विवाह के बाद उनके मन में श्रेष्ठ संतान की इच्छा बलवती हो उठी। इस विषय में रैभ्य ने कुलगुरु से विचार-विमर्श किया। कुलगुरु ने उसे एक यज्ञ करने का परामर्श दिया। उसने ऋषि-मुनियों को आमंत्रित कर शीघ्र ही यज्ञ आरंभ कर दिया। यज्ञ के फलस्वरूप उसे एक सुंदर कन्या प्राप्त हुई। उसने कन्या का नाम एकावली रखा। एकावली की कुंडली देखकर कुलगुरु ने रैभ्य से कहा, "राजन्! यज्ञाग्नि से उत्पन्न यह कन्या श्रेष्ठ गुणों एवं लक्षणों से युक्त है। साक्षात् लक्ष्मीस्वरूपा इस कन्या का विवाह भगवान् विष्णु के अंश से उत्पन्न मनुष्य से संपन्न होगा।"

ऐसी सुंदर, सुशील और भाग्यवान् कन्या पाकर रैभ्य और रुक्मरेखा धन्य हो गए। उन्होंने ऋषि-मुनियों को भरपूर दान-दक्षिणा देकर विदा किया। इसी प्रकार समय बीतता गया; एकावली यौवन की ओर कदम बढ़ाती गई।

एकावली की यशोवती नामक एक प्रिय सखी थी। एक बार दोनों नदी-तट पर भ्रमण कर रही थीं। तभी वहाँ कालकेतु नामक एक भयंकर दैत्य आ पहुँचा। एकावली पर दृष्टि पड़ते ही कालकेतु अपनी सुध-बुध खो बैठा। उसके रूप-सौंदर्य ने उसे मोहित कर दिया। वह प्रेम भरे स्वर में बोला, "हे सुंदरी! मैं दैत्यराज कालकेतु हूँ। संसार में समस्त प्राणी मेरे भय से काँपते हैं। इंद्रादि देवता भी मेरा सामना करने से डरते हैं। मुझ जैसा वीर, पराक्रमी और शक्तिशाली संसार में कोई नहीं है। परंतु सुंदरी, आज तक जिसे कोई पराजित न कर सका, वह तुम्हारे सौंदर्य-बाणों से परास्त हो गया। मैं तुमसे विवाह करना चाहता हूँ। मेरा प्रेम-प्रस्ताव स्वीकार कर स्वयं को धन्य समझो।"

एकावली ने उसका प्रस्ताव अस्वीकार कर दिया। कालकेतु के क्रोध का ठिकाना न रहा। उसने एकावली और यशोवती का बलपूर्वक हरण कर लिया तथा उन्हें ले जाकर एक महल में कैद कर दिया।

यशोवती ब्राह्मण-कन्या थी। भगवती जगदंबा के प्रति उसके मन में अथाह विश्वास और श्रद्धा थी। उसने रक्षा हेतु भगवती के प्रिय बीज-मंत्र का जाप आरंभ कर दिया। एक महीने के निरंतर जाप से अंततः भगवती जगदंबा प्रसन्न हुईं और यशोवती को स्वप्न में दर्शन देकर बोलीं, ''पुत्री, भय त्याग दो, पापी कालकेतु तुम्हारा अहित नहीं कर सकता। उसकी मृत्यु एकवीर नामक राजा द्वारा होगी। वह ही एकावली का वरण करेगा। तुम इसी समय गंगा-तट पर चली जाओ। वहीं तुम्हारी एकवीर से भेंट होगी।''

यशोवती ने सारी बात एकावली को बताई। तदनंतर वह गुपचुप तरीके से महल से निकल भागी और गंगा-तट पर जा पहुँची। उस समय एकवीर वहाँ भ्रमण कर रहा था। उसने एकवीर को कालकेतु द्वारा एकावली के हरण और भगवती द्वारा दिए गए वरदान के बारे में बताया। कालकेतु की धृष्टता के बारे में सुनकर एकवीर क्रोध से भर उठा।

उसने उसी समय उसे मारने की प्रतिज्ञा की। परंतु इससे पूर्व यशोवती के कहने पर उसने भगवती जगदंबा के प्रिय मंत्र का जाप कर सबकुछ जानने तथा कहीं भी जाने की शक्ति प्राप्त की।

विशाल सेना लेकर एकवीर ने कालकेतु पर आक्रमण कर दिया। इस अकस्मात् हमले से कालकेतु भौचक्का रह गया। तदनंतर वह भी सेना लेकर एकवीर का सामना करने आ पहुँचा।

दोनों पक्षों में भयंकर युद्ध छिड़ गया। एकवीर दैत्यों को निरंतर काल का ग्रास बना रहा था। तब कालकेतु तलवार लेकर स्वयं एकवीर के सामने आ गया। दोनों योद्धा परम शक्तिशाली और पराक्रमी थे। उनकी तलवारों के टकराने से अग्नि-ज्वालाएँ निकलने लगीं। धीरे-धीरे कालकेतु का बल क्षीण पड़ता गया। अंत में एकवीर ने तलवार के एक ही वार से कालकेतु का मस्तक धड़ से अलग कर दिया। कालकेतु के मरते ही बचे हुए दैत्य रणभूमि से भाग खड़े हुए।

तत्पश्चात् एकवीर ने एकावली को मुक्त करवाकर विधिवत् उससे विवाह कर लिया। एकवीर के अंश से एकावली ने कृतवीर्य नामक पुत्र को जन्म दिया, जिसने हैहय वंश की नींव रखी।

□

माया महाठगिनी

एक बार देवर्षि नारद को अभिमान हो गया कि उन्होंने सांसारिक माया पर विजय प्राप्त कर ली है। उन्होंने श्रीविष्णु के समक्ष भी इसका उल्लेख किया। तब भगवान् विष्णु उन्हें समझाते हुए बोले, ''हे देवर्षि! माया अजेय है। उस पर विजय प्राप्त करना किसी के वश में नहीं है। इंद्रियों को वश में रखनेवाले; निरंतर प्रभु-भक्ति में लीन रहनेवाले; संसार से विरक्त रहनेवाले तथा अन्न-जल का त्याग कर देनेवाले तपस्वियों एवं योगियों के लिए भी माया को जीतना असंभव है। परब्रह्म द्वारा रचित माया के प्रभाव से कोई भी अछूता नहीं है। विद्वान्, मूर्ख, सांसारिक, तपस्वी, मनुष्य अथवा अन्य प्राणी—सभी पर माया का नियंत्रण है; सभी माया द्वारा भ्रमित हैं। इसलिए कभी मन में यह विचार नहीं लाना चाहिए कि मैं माया के प्रभाव से बच गया हूँ।''

श्रीविष्णु की बात सुनकर देवर्षि के मन में माया के स्वरूप को जानने की इच्छा उत्पन्न हो गई। उन्होंने उनसे माया-दर्शन करवाने की प्रार्थना की। तब श्रीविष्णु उन्हें लेकर भूलोक में आ गए। वहाँ भ्रमण करते हुए वे कान्यकुब्ज नामक स्थान पर पहुँचे। उस परम पवित्र स्थान में एक सरोवर था। श्रीविष्णु की माया से मोहित होकर देवर्षि नारद ने वीणा एवं मृगचर्म उतारे तथा स्नान करने के लिए सरोवर में उतर गए।

जैसे ही उन्होंने जल में डुबकी लगाई, वे एक सुंदर स्त्री में परिवर्तित हो गए। उनकी स्मृति पूर्णतः नष्ट हो गई। सरोवर के किनारे पर दूर-दूर तक कोई न था। सुंदर वस्त्रों एवं आभूषणों से सुशोभित स्त्री रूपी नारद सरोवर से बाहर निकले। तभी कान्यकुब्ज के राजा तालध्वज शिकार खेलते हुए उस ओर आ निकले। घने वन में अप्सरा के समान सुंदर एक स्त्री को बैठा देख वे बड़े विस्मित हुए। उन्होंने स्त्री से

उसका परिचय पूछा।

स्त्री रूपी नारद बोले, ''राजन्, मुझे स्वयं के बारे में कुछ भी याद नहीं है कि मैं कौन हूँ? किसकी पुत्री हूँ? इस वन में कैसे आई? मेरा घर कहाँ है? इस समय मैं निस्सहाय होकर आपकी शरण में हूँ।''

तालध्वज उन्हें लेकर महल में लौट आए। तदनंतर उन्होंने स्त्री रूपी नारद का नाम 'सौभाग्य सुंदरी' रखा और उससे विवाह कर लिया। विवाह के बाद दोनों भोग-विलास में डूब गए। भगवान् विष्णु की माया के वशीभूत होने के कारण नारद अपने पूर्वजन्म के सभी कर्मों को भूल गए थे।

कुछ समय बाद सौभाग्य सुंदरी ने एक-एक कर बारह पुत्रों को जन्म दिया और उनका पालन-पोषण करने लगी। पुत्रों के युवा होने पर उन्होंने उनका विवाह कर दिया। अब उनका घर-परिवार बहुओं और पुत्र-पौत्रों से भर गया। इस प्रकार स्त्री रूपी नारद पूरी तरह से सांसारिक बंधनों में बँध गए।

एक बार पड़ोसी राजा ने कान्यकुब्ज पर आक्रमण कर दिया। दोनों सेनाओं के बीच

भीषण युद्ध छिड़ गया। इस युद्ध में तालध्वज के सभी पुत्र-पौत्र शत्रु राजा के हाथों मारे गए। इस दु:खद समाचार से व्यथित होकर सौभाग्य सुंदरी रणभूमि में पहुँची और पुत्र-पौत्रों के शवों से लिपटकर रोने लगी।

तब भगवान् विष्णु वहाँ ब्राह्मण-वेश धारण करके आए। उन्होंने तालध्वज और सौभाग्य सुंदरी को समझा-बुझाकर तीर्थयात्रा के लिए प्रेरित किया। चूँकि उनके सभी पुत्र-पौत्र युद्ध की भेंट चढ़ चुके थे, अत: वे बहुओं एवं परिवार के बचे हुए अन्य सदस्यों को लेकर ब्राह्मण के साथ तीर्थ के लिए चल पड़े।

तीर्थाटन करते हुए वे गंगा तीर्थ पर पहुँचे। वहाँ स्त्री रूपी नारद अपने पति और परिवार सहित सरोवर में स्नान करने उतरे। डुबकी लगाते ही नारद अपने वास्तविक रूप में आ गए। तट पर भगवान् विष्णु अपने वास्तविक रूप में विराजमान थे। उनके निकट ही उनकी वीणा और मृगचर्म पड़े थे। इसके अतिरिक्त वहाँ कोई नहीं था।

नारदजी को अपने स्त्री रूप की सभी घटनाएँ याद थीं। उन्हें सोचकर वे विस्मित होने लगे। तब भगवान् विष्णु ने उन्हें महामाया का ज्ञान दिया।

इस प्रकार माया के वशीभूत होकर नारदजी को स्त्री रूप धारण करना पड़ा।

□

पाप का दंड

भगवान् श्रीकृष्ण ने जांबवंत से स्यमंतक मणि लाकर सत्राजित् को लौटा दी। इससे सत्राजित् बड़े प्रसन्न हुए और उन्होंने अपनी पुत्री सत्यभामा का विवाह श्रीकृष्ण के साथ कर दिया। स्यमंतक मणि के प्रभाव के कारण चारों ओर सुख-समृद्धि का वास हो गया।

जब से सत्राजित् को स्यमंतक मणि मिली थी, तभी से कई लोग उसे प्राप्त करने के लिए व्याकुल थे। अक्रूर और कृतवर्मा भी इनमें सम्मिलित थे। वे उसे प्राप्त करने का अवसर ढूँढ़ते रहते थे।

एक बार श्रीकृष्ण और बलराम हस्तिनापुर गए थे। उचित अवसर जानकर अक्रूर और कृतवर्मा ने एक भयंकर षड्यंत्र रच डाला। इसके लिए उन्होंने शतधन्वा को चुना। शतधन्वा स्वयं सत्यभामा से विवाह करना चाहता था, परंतु श्रीकृष्ण से उसका विवाह हो जाने के कारण वह क्रोध का घूँट पीकर रह गया। वे शतधन्वा के पास गए और उसे उकसाते हुए बोले, "हे वीरवर! सत्यभामा और स्यमंतक मणि पर केवल आपका अधिकार था। दैववश ऐसा संभव नहीं हो सका। यद्यपि आप अब सत्यभामा को नहीं पा सकते, परंतु स्यमंतक मणि अभी भी आपकी हो सकती है। इस मणि के प्रभाव से आप भगवान् सूर्य के समान परम तेजस्वी और शक्तिशाली हो जाएँगे। श्रीकृष्ण भी आपके समक्ष तेजहीन लगेंगे। इसलिए सत्राजित् का वध करके आप स्यमंतक मणि अपने अधिकार में ले लें।"

अक्रूर और कृतवर्मा की बातों ने शतधन्वा पर अपना प्रभाव दिखाया। स्यमंतक मणि प्राप्त करने के लिए वह नीच कर्म करने को भी तैयार हो गया। उसने उसी रात सोते

हुए सत्राजित् को मारकर स्यमंतक मणि चुरा ली।

परंतु शतधन्वा के इस पापकर्म को एक सैनिक ने देख लिया। उसने तुरंत सत्यभामा को इसकी सूचना दी। पिता की मृत्यु ने सत्यभामा को विचलित कर दिया। उसने उसी समय प्रतिज्ञा की, ''जब तक श्रीकृष्ण पापी शतधन्वा को दंडित करके मेरे पिता की मृत्यु का प्रतिशोध नहीं लेंगे, तब तक मैं उनका दाह-संस्कार नहीं होने दूँगी। उसका संहार ही अब मेरे क्रोध को शांत करेगा।''

श्रीकृष्ण को जब सत्राजित् के वध और सत्यभामा की प्रतिज्ञा के बारे में पता चला तो वे उसी समय बलराम सहित द्वारका लौट आए। उन्होंने शतधन्वा को बंदी बनाने का आदेश दिया।

भयभीत शतधन्वा सहायता के लिए अक्रूर के पास गया। उन्होंने उसे द्वारका छोड़ने का परामर्श दिया। तब वह स्यमंतक मणि उन्हें सौंपकर द्वारका से निकल भागा। श्रीकृष्ण को शतधन्वा के द्वारका से भागने का समाचार मिला तो वे भी रथ पर सवार होकर

उसका पीछा करने लगे। भयभीत शतधन्वा ने श्रीकृष्ण पर बाणों की झड़ी लगा दी। तब श्रीकृष्ण ने सुदर्शन चक्र से उसका मस्तक काट डाला। इस प्रकार सत्यभामा की प्रतिज्ञा पूर्ण हुई।

इधर शतधन्वा की मृत्यु का समाचार सुनकर अक्रूर और कृतवर्मा भयभीत हो गए। वे उसी समय परिवार सहित द्वारका से चले गए। अक्रूर के जाने से श्रीकृष्ण दुःखी हो गए। वे उन्हें पिता-तुल्य मानते थे। उन्होंने सैनिकों को आज्ञा दी कि उन्हें ससम्मान द्वारका वापस ले आएँ।

शीघ्र ही अक्रूर द्वारका लौट आए। श्रीकृष्ण ने उनका यथोचित सम्मान किया। उन्होंने मणि श्रीकृष्ण को सौंप दी। श्रीकृष्ण बोले, "चाचाश्री, केवल आप ही इस मणि के योग्य हैं; इसे स्वीकार करें। मुझे मणि नहीं, आपका स्नेह चाहिए।" यह कहकर उन्होंने पुनः अक्रूर को वह मणि लौटा दी।

इस प्रेम भरे व्यवहार से अक्रूर की आँखों में आँसू भर आए और उन्होंने श्रीकृष्ण को गले से लगा लिया।

□

परीक्षा

देवी पार्वती पर्वतराज हिमालय और मैना की पुत्री थीं। बचपन से ही वह भगवान् शिव की उपासना करती थीं। युवा होने पर उन्होंने उन्हें पति-रूप में प्राप्त करने के लिए कठोर तप आरंभ कर दिया। अब वे गंगा-तट पर तपस्या में लीन थीं।

एक दिन सहसा एक बालक की चीत्कार से वातावरण गूँज उठा। यह करुण स्वर पार्वती के कानों में भी पड़ा। स्वर इतना पीड़ादायक था कि उनके नेत्रों से आँसू बह निकले। वे उसी समय उठीं तथा स्वर का पीछा करती हुई बालक को ढूँढ़ने चल पड़ीं।

कुछ दूर चलने पर उन्होंने एक भयानक दृश्य देखा। एक विशालकाय ग्राह (मगरमच्छ) एक बालक का पैर पकड़कर उसे अपनी ओर खींच रहा था। भय और दर्द से बालक थर-थर काँप रहा था। यह दृश्य देखकर पार्वती का हृदय करुणा से भर आया। वे ग्राह से विनती करते हुए बोलीं, "हे ग्राहराज! आप जिसे अपना भोजन बनाना चाह

रहे हैं, वह बालक अत्यंत छोटा और स्वयं की रक्षा करने में असमर्थ है। आप जैसे शक्तिशाली प्राणी के लिए यह कार्य उचित नहीं है। कृपया इसे छोड़कर आप कहीं और भोजन की तलाश करें।"

ग्राह हँसते हुए बोला, "देवी, आप कैसी तर्कहीन बातें कर रही हैं? विधाता ने प्रत्येक प्राणी के लिए भोजन

के रूप में किसी-न-किसी को उत्पन्न किया है। देवी, मेरा नियम है कि छठे दिन जो प्राणी सबसे पहले मुझे मिलता है, मैं उसका भक्षण करता हूँ। इस समय विधाता ने भोजन के रूप में इस बालक को मेरे पास भेजा है। मेरा धर्म यही है कि मैं विधाता द्वारा दिए गए इस भोजन को स्वीकार करूँ। आप इसमें व्यवधान उत्पन्न न करें।''

''परंतु हे ग्राहराज! दया, करुणा और परहित भी विधाता के नियमों में सम्मिलित हैं, इसलिए प्राणी को इनका भी पालन करना चाहिए। यदि आप बालक को छोड़ दें तो मैं आपकी कोई भी एक इच्छा पूर्ण कर सकती हूँ। यदि आप कहें तो मैं स्वयं आपका भोजन बनने को तैयार हूँ।'' पार्वती भयभीत हुए बिना बोलीं।

ग्राह कुछ देर सोचता रहा, फिर शांत स्वर में बोला, ''हे देवी! मैं इस बालक को छोड़ सकता हूँ, परंतु इसके लिए आपको अपने तप का संपूर्ण फल मुझे देना होगा। यदि आपको मेरी शर्त स्वीकार है तो शीघ्र कहें।''

''ठीक है, ग्राहराज! इस समय इसके जीवन से अधिक मूल्यवान् कुछ भी नहीं है। मैं तपस्या पुनः कर सकती हूँ, लेकिन इसका जीवन पुनः नहीं लौटाया जा सकता। मैं ईश्वर को साक्षी मानकर अपने तप का संपूर्ण फल आपको प्रदान करती हूँ।'' बिना विलंब किए पार्वती ने ग्राहराज की शर्त स्वीकार कर ली।

तप के तेज से ग्राह सूर्य के समान दीप्तमान हो उठा। उसके अंग-अंग से दिव्य प्रकाश निकलने लगा। ग्राह विस्मित होकर बोला, ''देवी, एक अनजाने बालक के लिए आपने वर्षों से एकत्रित तप का फल मुझे सौंप दिया। निस्संदेह आप परम साध्वी और तपस्विनी हैं। आप अपने तप का तेज वापस ले लें। मैं बालक को मुक्त करता हूँ।''

किंतु पार्वती ने यह कहते हुए तप का फल वापस लेने से इनकार कर दिया कि दी गई वस्तु कभी वापस नहीं ली जाती। तभी ग्राह और बालक अदृश्य हो गए। उनके स्थान पर भगवान् शिव प्रकट होकर बोले, ''हे देवी! तुम्हारी परीक्षा लेने के लिए मैंने यह लीला रची थी। तुम्हारे हृदय में दया, ममता और परोपकार कूट-कूटकर भरा हुआ है। यही गुण तुम्हें संसार में विशिष्ट स्थान प्रदान करेंगे। शीघ्र ही मैं तुम्हारा वरण करूँगा। तुमने मुझे जो तप-फल प्रदान किया है, वह सहस्र गुना होकर तुम्हें पुनः प्राप्त होगा।''

इस प्रकार वरदान देकर भगवान् शिव अंतर्धान हो गए। तदनंतर पार्वती उनके वरदान के पूर्ण होने की प्रतीक्षा करने लगीं।

□

नियम-भंग

एक बार देवी लक्ष्मी ने भगवान् विष्णु से प्रश्न किया, "भगवन्, पृथ्वी परम पावन और दुर्लभ कर्मभूमि है। स्वयं आप, भगवान् शिव तथा इंद्रादि देवगण भी इस पावन लोक में जन्म लेने के लिए उत्सुक रहते हैं। इसके प्रभाव से ही तीनों लोकों के कार्य सुचारु रूप से चलते हैं। परंतु स्वामी, वर्तमान में पृथ्वी पर पाप बढ़ गए हैं। काम, क्रोध, मद, लोभ और मोह ने इसे ग्रसित कर दिया है। इनके प्रभाव से मनुष्य स्व-विवेक खोकर अज्ञान रूपी अंधकार में डूबते जा रहे हैं। मोह-माया के बंधनों में जकड़कर वे धर्म-कर्म से विमुख हो रहे हैं। ऐसी विकट स्थिति में उनका उद्धार किस प्रकार संभव है?"

श्रीविष्णु बोले, "देवी, आपके हृदय में दया, करुणा और परहित का अथाह सागर है। निस्संदेह आपके इस प्रश्न में संपूर्ण सृष्टि का कल्याण छिपा है। देवी, पृथ्वी पर पुरुषोत्तम (जगन्नाथ पुरी) नामक तीर्थ प्राणियों की समस्त इच्छाएँ पूर्ण करनेवाला तथा उन्हें मोक्ष प्रदान करनेवाला है। उसके समान परम पावन तीर्थ तीनों लोकों में कोई नहीं है। इस स्थान के दर्शन मात्र से प्राणी ऐश्वर्य, वैभव, संतान-सुख और मोक्ष का अधिकारी हो जाता है। इसके नाम का उच्चारण करते ही सभी पापों का नाश हो जाता है। देवी, दक्षिण समुद्र के तट पर स्थित यह स्थान अत्यंत गुप्त है। देवता भी इसके बारे में नहीं जानते। इस स्थान पर एक विशाल वटवृक्ष स्थित है। कल्प का अंत होने पर भी यह वटवृक्ष अपने स्थान पर स्थिर रहता है। उसकी परिक्रमा करने से प्राणी के घोर-से-घोर पापों का भी नाश हो जाता है। वटवृक्ष के नीचे मेरी इंद्रनीलमयी प्रतिमा स्थापित है। उसका दर्शन करने से पापी मनुष्य भी पाप-रहित होकर मोक्ष प्राप्त करता है। देवी, केवल वही स्थान मोह-माया से ग्रस्त मनुष्यों के लिए उद्धार का साधन है।"

श्रीविष्णु की बात सुनकर देवी लक्ष्मी संतुष्ट हो गईं।

कालांतर में लोगों को पुरुषोत्तम तीर्थ के बारे में पता चला। वे वहाँ आकर इंद्रनीलमयी प्रतिमा के दर्शन करने लगे। इसके प्रभाव से उनके सभी पाप नष्ट हो जाते और वे मोक्ष प्राप्त करते। प्राणियों को उनके कर्मों के अनुसार फल प्रदान करने का कार्य यमराज के अधीन था। इसी के आधार पर वे उनके अगले जन्म निश्चित करते थे। इंद्रनीलमयी प्रतिमा के प्रभाव से जब पापी प्राणी भी मोक्ष प्राप्त करने लगे तो सृष्टि का नियम भंग होने लगा।

चारों ओर अव्यवस्था फैल गई। ऐसी स्थिति में यमराज भगवान् विष्णु की शरण में गए और उनसे प्रार्थना करते हुए बोले, "प्रभु, आपके परम पावन पुरुषोत्तम तीर्थ की महिमा बढ़ती जा रही है। उसके दर्शन से पापियों के पापों का नाश हो जाता है और वे सीधे मोक्ष प्राप्त करते हैं। इससे ब्रह्माजी द्वारा निर्धारित किए गए कर्मफल का नियम भंग हो रहा है। भगवन्, मनुष्य जीवन भर अनगिनत पापकर्म करते हैं और अंतिम समय में पुरुषोत्तम तीर्थ के दर्शन करके मोक्ष के अधिकारी बनते हैं। इससे पापों के फलस्वरूप मिलनेवाले दंड का भय उनमें समाप्त होता जा रहा है। अब आप ही इस विषय में कुछ करें।"

यमराज की बात सुनकर भगवान् विष्णु सोच में पड़ गए। तदनंतर उन्होंने सृष्टि के कल्याण के लिए इंद्रनीलमयी प्रतिमा को अदृश्य कर दिया। साथ ही उन्होंने यमराज को दक्षिण दिशा का स्वामी नियुक्त किया।

बाद में राजा इंद्रद्युम्न ने जगन्नाथ पुरी में भगवान् श्रीकृष्ण, बलराम और सुभद्रा की प्रतिमाएँ स्थापित करवाकर इस तीर्थ को पुनः परम पावन बनाया।

□

इंद्र का पाप

महर्षि गौतम पत्नी अहल्या के साथ ब्रह्मगिरि में एक आश्रम में रहते थे। वे दोनों गृहस्थ आश्रम में रहते हुए प्रभुभक्ति करने लगे। उनके विवाह का समाचार जब देवताओं ने सुना तो वे निराश होकर अपने-अपने लोक को लौट गए। परंतु इंद्र ने इसे अपना अपमान समझा। 'देवताओं का राजा होने के बाद भी अहल्या उनकी नहीं हो पाई थी', यह बात इंद्र कदापि सहन नहीं कर सकते थे। उन्होंने मन-ही-मन अहल्या को प्राप्त करने का निश्चय कर लिया था। किंतु वे महर्षि गौतम के तपोबल के बारे में भी जानते थे, इसलिए उचित अवसर की प्रतीक्षा करने लगे।

एक दिन गौतम मुनि किसी कार्यवश आश्रम से बाहर गए। इंद्र को अवसर मिल गया। उसने गौतम मुनि का वेश बनाया और अहल्या के पास जा पहुँचे। उस समय काम ने इंद्र को अपने वश में कर लिया था। उचित-अनुचित, पाप-पुण्य की सीमाओं से वे दूर जा चुके थे। वे अहल्या को आगोश में भरकर प्रेम-क्रीड़ा करने लगे।

तभी गौतम मुनि लौट आए। उन्होंने जब अपने रूपवाले व्यक्ति को अहल्या के साथ रति-क्रिया में रत देखा तो उनके क्रोध का ठिकाना न रहा। अपने तपोबल से वे पल भर में जान गए कि इंद्र ने ही वेश बदलकर अहल्या का पतिव्रत खंडित किया है।

महर्षि गौतम क्रुद्ध होकर बोले, "दुष्ट इंद्र! योनि पर आसक्त होकर तुमने अहल्या का शील भंग किया। तुमने पराई स्त्री पर कुदृष्टि डाली है। इस जघन्य अपराध का दंड तुम्हें अवश्य मिलेगा। मैं तुझे शाप देता हूँ कि तेरे शरीर पर इसी समय एक हजार योनि-चिह्न अंकित हो जाएँ।"

शाप के कारण इंद्र के शरीर पर उसी समय एक हजार योनि-चिह्न अंकित हो गए।

तत्पश्चात् महर्षि गौतम अहल्या को शाप देते हुए बोले, "पापिनी! इस पाप में जितना भागीदार इंद्र है, उतनी तुम भी हो। इसलिए मैं शाप देता हूँ कि तू इसी समय नदी बन जा।"

अहल्या रोते हुए बोली, "मुनिवर, इस पाप में मेरा कोई योगदान नहीं था। इंद्र ने आपका स्वरूप धारण करके मुझसे छल किया है। इस विषय में मैं पूर्णत: अनभिज्ञ थी। इसलिए मुझे इतना कठोर शाप न दें, मुझ पर कृपा करें।"

अहल्या की बात सुनकर गौतम मुनि बोले, "हे कल्याणी! मेरा शाप व्यर्थ नहीं जा सकता। तुम्हें इसका फल अवश्य भोगना होगा। परंतु मैं तुम्हें वरदान देता हूँ कि जब तुम नदी-रूप में पवित्र गौतमी गंगा में मिलोगी, उस समय तुम्हारा शाप से उद्धार हो जाएगा और तुम वास्तविक स्वरूप प्राप्त कर मेरे पास आ जाओगी।"

तब देवराज इंद्र भी महर्षि के चरणों में गिर पड़े और क्षमा माँगने लगे।

महर्षि गौतम करुणा के सागर थे। वे पल भर में द्रवित हो गए और इंद्र से बोले, ''देवेंद्र, गौतमी गंगा परम पावन और पुण्यमय हैं। उनके स्पर्श मात्र से संपूर्ण पापों का नाश हो जाता है। तुम उसमें स्नान करो। इससे तुम्हारा पाप नष्ट हो जाएगा। शापवश तुम्हारे शरीर पर जो योनि-चिह्न अंकित हो गए हैं, वे नेत्रों के रूप में बदल जाएँगे।''

इस प्रकार गौतमी गंगा के स्पर्श से अहल्या ने पुन: अपना वास्तविक रूप धारण किया, जबकि इंद्र हजार नेत्रोंवाले हो गए। वे तीर्थ 'अहल्या तीर्थ' और 'इंद्र तीर्थ' के नाम से प्रसिद्ध हुए।

रामायण के अनुसार, गौतम मुनि के शाप के कारण अहल्या शिला में परिवर्तित हो गई थीं। बाद में भगवान् राम के चरणों के स्पर्श से उनका उद्धार हुआ था। □

जन-स्थान तीर्थ

वरुणदेव की गुणार्णवा नामक एक सुंदर और सुशील कन्या थी। वरुणदेव उससे बहुत स्नेह करते थे। गुणार्णवा ने अनेक वर्षों तक कठोर तपस्या की तथा ब्रह्माजी से धर्म, अर्थ, काम एवं मोक्ष की सिद्धि प्रदान करने की शक्ति प्राप्त की। यद्यपि उसने दिव्य शक्तियाँ प्राप्त की थीं, तथापि उसमें धैर्य, क्षमा, सहनशीलता, सौम्यता तथा परोपकार के गुण विद्यमान थे। वरुणदेव उसके विवाह के लिए सदैव चिंतित रहते थे। अंतत: वे ब्रह्माजी की शरण में गए और उनसे गुणार्णवा के लिए योग्य वर बताने की प्रार्थना की।

ब्रह्माजी बोले, ''वत्स, गुणार्णवा श्रेष्ठ गुणों एवं लक्षणों से युक्त है। उस जैसी युवती को पत्नी-रूप में पाने के लिए देवता भी तरसते हैं। परंतु वत्स, देवताओं के वंश में उत्पन्न होने पर भी विधि के विधान के अनुसार उसका विवाह पृथ्वी लोक पर राजा जनक के साथ होगा। वे अत्यंत वीर, पराक्रमी और धर्मात्मा हैं। तुम बिना विलंब किए गुणार्णवा का विवाह उनके साथ कर दो।''

ब्रह्माजी के परामर्श पर वरुणदेव राजा जनक के पास पहुँचे और उनसे अपनी पुत्री का विवाह करने की इच्छा जताई। जनक ने उनका प्रस्ताव स्वीकार कर लिया। तदनंतर शुभ मुहूर्त में उनका विवाह संपन्न हुआ। अपने अनुरूप जीवनसाथी पाकर दोनों ही अत्यंत प्रसन्न थे।

एक बार जनक के मन में भोग और मोक्ष के बारे में जानने की इच्छा उत्पन्न हुई। अत: वे महर्षि याज्ञवल्क्य से बोले, ''ऋषिवर, ज्ञानी मनुष्यों की दृष्टि में भोग और मोक्ष दोनों ही समान हैं। वे दोनों को ही मुक्ति के श्रेष्ठ साधन मानते हैं। सांसारिक बंधनों एवं

मोह-माया के पूर्णतः त्याग से मोक्ष मिलता है; परंतु यह मार्ग अत्यंत जटिल और कठिन है। इसके विपरीत भोग द्वारा मुक्ति अधिक रसयुक्त एवं कम पीड़ादायक है। ऐसी स्थिति में मनुष्य-मन भोग की ओर आकृष्ट होता है। परंतु मुनिवर, अनेक लोग भोग को नरक-प्राप्ति का मार्ग मानते हैं। फिर ऐसी स्थिति में भोग द्वारा मोक्ष किस प्रकार संभव है? कृपया इसके बारे में विस्तार से बताकर मेरी अज्ञानता दूर करें।''

याज्ञवल्क्य बोले, ''राजन्! आपका प्रश्न अति उत्तम है; इसके पीछे जन-कल्याण की भावना निहित है। परंतु इस प्रश्न का उत्तर आपके श्वसुर वरुणदेव ही दे सकते हैं। इसलिए आप मेरे साथ उनके पास चलें।''

तदंतर जनक महर्षि याज्ञवल्क्य के साथ वरुणदेव के पास गए और अपना प्रश्न दोहराते हुए उचित मार्गदर्शन करने के लिए कहा।

वरुणदेव बोले, ''हे राजन्! कर्म-पालन और कर्म का त्याग-ये दोनों मोक्ष-प्राप्ति के उत्तम साधन हैं। अनेक लोग कर्म के पूर्णतः त्याग को मुक्ति-मार्ग मानते हैं। लेकिन वेदों में कर्म करने पर अधिक बल दिया गया है। उनके अनुसार धर्म, अर्थ, काम और

मोक्ष–ये चारों कर्म के चार चरण हैं। इन कर्मों से मनुष्य के सभी कार्य सिद्धि होते हैं तथा मृत्यु-उपरांत वह मुक्ति प्राप्त करता है। अकर्म की अपेक्षा कर्म मुक्ति का अधिक पवित्र और सुलभ उपाय है। इसलिए मनुष्य को कर्म द्वारा अपने कर्तव्यों का पालन करना चाहिए। मनुष्य को भोग संबंधी सभी कर्म करते हुए फल की इच्छा नहीं करनी चाहिए। इससे वह कर्ता होते हुए भी कर्मफल के बंधनों में नहीं बँधता।''

इसके बाद जनक ने भोग एवं मोक्षप्रदायक तीर्थस्थल के विषय में पूछा। वरुणदेव बोले, ''वत्स, पृथ्वी पर दंडकवन परम पावन और पुण्यदायक है। तीर्थों में गौतमी गंगा पवित्र और मुक्ति प्रदान करनेवाली है। वहाँ दानादि करने से मनुष्य को भोग और मोक्ष की प्राप्ति होती है। इसलिए राजन्, आपको भी गौतमी गंगा के तट पर अश्वमेध यज्ञ कर दान करना चाहिए।''

वरुणदेव के परामर्श पर जनक ने गौतमी गंगा के तट पर अश्वमेध यज्ञ कर ब्राह्मणों को भरपूर दान-दक्षिणा दी। इस पुण्य कार्य से वे मोक्ष के अधिकारी बने। बाद में जनक वंश के अनेक राजाओं ने यहाँ यज्ञ कर मोक्ष प्राप्त किया।

इस प्रकार जनक द्वारा पूजित वह स्थान 'जन-स्थान तीर्थ' के नाम से प्रसिद्ध हुआ। □

नटखट शिव

देवी पार्वती मन-ही-मन भगवान् शिव को अपना पति मान चुकी थीं। उन्हें पाने के लिए उन्होंने अनेक वर्षों तक कठोर तपस्या की। अंतत: उनके तप से प्रसन्न होकर ब्रह्माजी प्रकट हुए और वर देते हुए बोले, "हे कल्याणी! जिन परब्रह्मस्वरूप भगवान् शिव को पाने के लिए आप तपस्या कर रही हैं, कुछ समय बाद वे स्वयं आपका वरण करेंगे। वे संपूर्ण लोकों के स्वामी हैं; भक्तों की समस्त मनोकामनाएँ पूर्ण करनेवाले हैं। वे आपकी इच्छा भी अवश्य पूर्ण करेंगे। आपका जन्म केवल उन्हीं के लिए हुआ है। उनकी अर्धांगिनी बनकर आप उन्हें अर्धनारीश्वर रूप प्रदान करेंगी।" यह कहकर ब्रह्माजी अंतर्धान हो गए।

वर पाकर पार्वती अत्यंत प्रसन्न हुईं। अब वे व्याकुलता के साथ उस समय की प्रतीक्षा करने लगीं, जब भगवान् शिव उन्हें पत्नी-रूप में स्वीकार करेंगे। इधर ब्रह्माजी ने भगवान् शिव को पार्वती की तपस्या और उन्हें दिए गए वर के बारे में बताया। तदनंतर उन्होंने शिवजी से पार्वती को पत्नी-रूप में स्वीकारने की प्रार्थना की। भगवान् शिव स्वयं भी पार्वती की भक्ति और निष्ठा से अत्यंत प्रभावित थे। उनकी सुंदरता, सुशीलता, दयालुता तथा श्रेष्ठ गुणों से युक्त व्यवहार ने उनका मन मोह लिया था। परंतु फिर भी, विवाह से पूर्व वे एक बार और उनकी परीक्षा लेना चाहते थे।

एक दिन जब पार्वती शिव-आराधना में लीन थीं, उसी समय भगवान् शिव वहाँ पधारे। पार्वती की परीक्षा लेने के लिए उन्होंने बड़ा विकृत स्वरूप धारण किया हुआ था। उनका संपूर्ण शरीर काले रंग का था; पीठ पर कूबड़ निकला हुआ था; शरीर पर शव की राख का लेप था। उन्होंने पार्वती से विवाह करने की इच्छा प्रकट की। तपोबल द्वारा

पार्वती सबकुछ जान गईं। उन्होंने शिवजी का पूजन किया और विनम्र स्वर में बोलीं, "भगवन्, आप जिस भी रूप में मेरे समक्ष आएँगे, मैं आपको पहचान लूँगी। आपका प्रत्येक रूप मुझे स्वीकार्य है। हे भगवन्! कुछ समय बाद मेरे पिता हिमालयराज मेरा स्वयंवर करनेवाले हैं। आप भी उसमें अवश्य आएँ। मैं आपका ही वरण करूँगी।" यह कहकर उन्होंने हाथों में पकड़ा अशोक का गुच्छा भगवान् शिव के कंधे पर रख दिया। इसके बाद देवी पार्वती से विदा लेकर भगवान् शिव अंतर्धान हो गए।

'पार्वती ने भगवान् शिव का वरण कर लिया है', इस बात को हिमालय भी भली-भाँति जानते थे। वे इससे अत्यंत प्रसन्न भी थे। परंतु फिर भी उन्होंने पार्वती के लिए स्वयंवर का आयोजन किया, जिससे देवताओं के समक्ष पार्वती स्वयं भगवान् शिव का वरण कर सकें। इस अवसर पर इंद्र, कुबेर, वरुण, सूर्य आदि देवगण, गंधर्व एवं यक्ष सभी पधारे थे।

निश्चित समय पर स्वयंवर आरंभ हुआ। पिता की आज्ञा पाकर पार्वती वरमाला लिये अपने आसन से उठीं और आगे बढ़ीं। किंतु उन्हें दरबार में कहीं भी भगवान् शिव दिखाई नहीं दिए। वे भयभीत हो गईं और भगवान् शिव का स्मरण करने लगीं। सहसा

भगवान् शिव पाँच शिखावाले बालक बनकर स्वयंवर में पधारे। पार्वती ने ध्यान द्वारा उनके वास्तविक स्वरूप को पहचान लिया। चूँकि उन्हें मनोवांछित वर मिल चुका था, अत: उन्होंने बालक रूपी भगवान् शिव के गले में वरमाला डाल दी।

यह देखकर उपस्थित सभाजन विस्मित होकर कोलाहल करने लगे। अज्ञानतावश इंद्र ने बालक को दंडित करने के लिए वज्र का प्रहार किया, परंतु शिवजी के समक्ष वज्र निस्तेज हो गया। तदनंतर अन्य देवताओं ने भी उन पर अस्त्र-प्रहार किए। शिवजी ने सभी को प्रभावहीन कर दिया। तभी ब्रह्माजी भगवान् शिव को पहचान गए तथा उनकी स्तुति करने लगे। ब्रह्माजी की स्तुति से प्रसन्न होकर शिवजी अपने वास्तविक स्वरूप में प्रकट हो गए। उस समय उनके तेज से देवताओं के नेत्र बंद हो गए और वे मन-ही-मन उनका स्मरण करने लगे। तब शिवजी ने प्रसन्न होकर उन्हें दिव्य-दृष्टि प्रदान की, जिससे वे उनके दर्शन कर सकें।

चूँकि देवी पार्वती ने वरमाला डालकर भगवान् शिव का वरण कर लिया था, अतएव हिमालय के आग्रह पर ब्रह्माजी ने आचार्य बनकर पार्वती और भगवान् शिव का विवाह संपन्न कराया। इसके बाद सभी अपने-अपने धाम लौट गए।

□

टूटा अहंकार

शेषनाग को सृष्टि के सभी नागों एवं सर्पों का देवता कहा जाता है। उन्हें भगवान् विष्णु की शय्या बनने तथा सदैव उनके साथ रहने का सौभाग्य प्राप्त है। श्रीरामावतार में उन्होंने लक्ष्मण रूप में अवतार धारण किया था, जबकि द्वापर में अवतरित होकर बलराम कहलाए। उनका मणिनाग नामक एक पुत्र था। पिता के समान मणिनाग भी अत्यंत विशालकाय और शक्तिशाली था। वह भगवान् शिव का अनन्य भक्त था तथा प्रतिदिन उनके दर्शन हेतु कैलास जाता था। अपनी भक्ति और निष्ठा के कारण वह देवताओं में सम्माननीय था।

एक बार मणिनाग कैलास की ओर जा रहा था। मार्ग में उसका सामना गरुड़ से हुआ। गरुड़ को अपने बल और पराक्रम पर बड़ा घमंड था। मणिनाग को देख वह उसका उपहास उड़ाने लगा। परंतु मणिनाग उसकी बातों को अनसुनी कर आगे बढ़ गया। गरुड़ ने इसे अपना अपमान समझा और मणिनाग पर आक्रमण कर दिया। दोनों में भयंकर युद्ध छिड़ गया। अंततः गरुड़ मणिनाग को बंदी बनाकर अपने घर ले आया।

इधर भगवान् शिव अपने प्रिय भक्त की प्रतीक्षा कर रहे थे। मणिनाग के कैलास पहुँचने का समय हो गया था, परंतु दूर-दूर तक उसका कोई पता नहीं था। जब बहुत देर हो गई तो भगवान् शिव ने मणिनाग के बारे में जानने के लिए ध्यान लगाया। पल भर में उन्हें सारी बात पता चल गई।

गरुड़ की धृष्टता पर उन्हें बहुत क्रोध आया। परंतु वह भगवान् विष्णु का वाहन था, इसलिए वे उसका अहित नहीं करना चाहते थे। अतएव उन्होंने नंदी को बुलाया और उन्हें सारी बात समझाते हुए बोले, "हे नंदी! अहंकार में चूर दुष्ट गरुड़ ने मणिनाग को बंदी बना लिया है। तुम इसी समय बैकुंठ जाओ और भगवान् विष्णु से उसे मुक्त करवाने

की प्रार्थना करो। वे मणिनाग की सहायता अवश्य करेंगे।''

आज्ञा पाते ही नंदी बैकुंठ जा पहुँचे और श्रीविष्णु से मणिनाग को मुक्त कराने की प्रार्थना की। भगवान् विष्णु उसी समय गरुड़ के पास जाकर बोले, ''हे पक्षीराज! मणिनाग महादेव का भक्त है। उसे बंदी बनाकर तुमने घोर अनर्थ किया है। उचित यही है कि तुम उसे छोड़ दो, इसी में तुम्हारा कल्याण निहित है। अन्यथा महादेव का क्रोध तुम्हें जलाकर भस्म कर देगा।''

गरुड़ अहंकार में भरकर बोले, ''हे भगवन्! मेरा कार्य मणिनाग जैसे उद्दंड नागों एवं सर्पों को दंडित करना है। आप निश्चिंत रहें, कोई मेरा अहित नहीं कर सकता। मेरी शक्ति के समक्ष कोई टिक नहीं सकता। अनेक बार मैंने शक्तिशाली दैत्यों को परास्त किया है। स्वयं आपने भी मेरे बल-पौरुष द्वारा अनेक असुरों को काल का ग्रास बनाया है।''

इस प्रकार अहंकारी गरुड़ उनका तिरस्कार करने लगा। तब श्रीविष्णु हँसते हुए बोले, ''हे पक्षीराज! निस्संदेह तुम्हारी शक्ति से सारा जगत् परिचित है। तुमने कई दैत्यों

को धूल चटाई है। परंतु तुम्हें अहंकार नहीं करना चाहिए। अहंकार प्राणी का पूर्णतया नाश कर देता है। हे पक्षीराज! यदि तुम परम शक्तिशाली हो तो मेरी कनिष्ठा उँगली का भार सहन करके दिखाओ।''

यह कहकर उन्होंने गरुड़ के माथे पर अपनी कनिष्ठा उँगली रख दी। उँगली के स्पर्श मात्र से गरुड़ कई मील दूर जा गिरे। मात्र एक उँगली का भार उनके लिए असहनीय हो गया। गरुड़ लज्जित होकर अपने अपराध की क्षमा माँगने लगे। तब श्रीविष्णु ने उन्हें शिवजी की शरण में जाने को कहा। मणिनाग को साथ लेकर गरुड़ उसी समय कैलास पर पहुँचे और भगवान् शिव से क्षमा माँगी। तदनंतर उनकी स्तुति कर वे भगवान् विष्णु के पास लौट आए।

इस प्रकार गरुड़ का अहंकार चूर-चूर हो गया।

□

मृत्यु-तीर्थ

महर्षि गौतम के श्वेत नामक एक परम तपस्वी और तेजस्वी ब्राह्मण मित्र थे। वे गौतमी गंगा के तट पर आश्रम बनाकर रहते थे। उनका हृदय शिवभक्ति में रमा हुआ था। वे निरंतर शिवजी के ध्यान में मग्न रहते थे। इस प्रकार श्वेत ने अपना संपूर्ण जीवन शिव-आराधना को समर्पित कर दिया। अंततः उनकी मृत्यु का समय आ गया। चित्रगुप्त ने उनके प्राण हरने के लिए यमदूतों को भेजा। उस समय श्वेत रोगग्रस्त होकर शय्या पर लेटे हुए थे। ऐसी अवस्था में भी वे निरंतर भगवान् शिव के प्रिय महामृत्युंजय मंत्र का जाप कर रहे थे।

महामृत्युंजय मंत्र के प्रभाव से श्वेत के आश्रम के चारों ओर एक अखंडित सुरक्षा-चक्र निर्मित हो गया। यमदूत ने सुरक्षा चक्र को भेदने के अनेक प्रयास किए, परंतु वे आश्रम में प्रविष्ट न हो सके। अंत में थक-हारकर वे एक ओर बैठ गए।

इधर मृत्यु का समय बीत जाने पर भी जब श्वेत के प्राण यमलोक नहीं पहुँचे तो चित्रगुप्त चिंतित हो गए। वे मृत्युदेव से बोले, ''घोर आश्चर्य, मृत्युदेव! ऐसा प्रथम बार हुआ है कि मृत्युकाल बीत जाने पर भी प्राणी की आत्मा यमलोक नहीं पहुँची। अवश्य कोई शक्ति इस कार्य में बाधा उत्पन्न कर रही है। इस प्रकार सृष्टि का नियम ही भंग हो जाएगा। आप स्वयं वहाँ जाकर इस कार्य को संपन्न करें।''

मृत्युदेव श्वेत के आश्रम पर पहुँचे। वहाँ उन्हें यमदूत आश्रम के बाहर खड़े दिखाई दिए। उन्होंने इसका कारण पूछा तो यमदूत बोले, ''स्वामी, श्वेत भगवान् शिव के भक्त हैं। उनकी भक्ति के तेज ने ही आश्रम को चारों ओर से घेर रखा है। इसलिए आश्रम में हमारा प्रवेश असंभव है।''

तब मृत्युदेव ने आश्रम में प्रवेश किया। परंतु इससे पहले कि वे श्वेत को मृत्यु के फंदे में फँसाते, वहाँ दंडधारी भैरव प्रकट हो गए। उन्होंने मृत्युदेव पर दंड का प्रहार कर उन्हें अचेत कर दिया। यह देख भयभीत यमदूत यमलोक भाग गए।

जब यमराज को सारी घटना पता चली तो वे सैनिक लेकर आश्रम में पहुँचे। दूसरी ओर से शिवपुत्र कार्त्तिकेय शिव-पार्षदों के साथ श्वेत की रक्षा हेतु प्रकट हो गए। देखते-ही-देखते दोनों पक्षों में भयंकर युद्ध छिड़ गया। यह युद्ध अनेक दिनों तक चलता रहा। अंततः कार्त्तिकेय ने यमराज पर पाशुपत अस्त्र चलाकर उनके प्राण हर लिये।

यमराज के मरते ही चारों ओर हाहाकार मच गया। संपूर्ण सृष्टि कंपन करने लगी। इस अलौकिक घटना से भयभीत होकर ब्रह्माजी, श्रीविष्णु, इंद्र, अग्नि, वरुण आदि देवगण वहाँ प्रकट हुए और भगवान् शिव की स्तुति करते हुए बोले, ''हे दयानिधान! हे कृपालु! हे परब्रह्म! हे ओंकार! आपको बारंबार नमस्कार। हे भगवन्! सृष्टि के आरंभ में आपने देहधारियों पर नियंत्रण रखने का कार्य कालस्वरूप यमराज को सौंपा था। वे प्राणियों को उनके कर्मों के अनुसार फल प्रदान करते थे। उन्हीं के न्याय के आधार पर जीव का अगला जन्म निर्धारित होता है। प्रभु, इस समय वे अपने कर्तव्य का निर्वाह कर रहे थे। इसलिए आप उन्हें अपनी कृपा से अनुगृहीत कर पुनरुज्जीवित करें।''

तब भगवान् शिव प्रकट होकर बोले, ''मुझे मेरे भक्त प्राणों से भी अधिक प्रिय हैं। उनके लिए मैं तीनों लोक भी त्याग सकता हूँ। परंतु यमराज मेरे द्वारा स्थापित व्यवस्था का निर्वाह कर रहे थे, इसलिए मैं उन्हें पुनरुज्जीवित होने का वरदान देता हूँ। गौतमी गंगा का जल छिड़कने से यमराज और उनके सैनिक पुनरुज्जीवित हो जाएँगे।''

नंदी ने शीघ्रता से गौतमी गंगा का जल लाकर यमराज पर छिड़का। जल के स्पर्श मात्र से यमराज पुनरुज्जीवित हो गए। उन्होंने भगवान् शिव की स्तुति की और अपने लोक को लौट गए। जिस स्थान पर वे मृत होकर गिरे थे, वह स्थान 'मृत्यु-तीर्थ' कहलाया। □

धनपति कुबेर

प्राचीन समय की बात है, देवताओं ने राक्षसों का संहार आरंभ कर दिया। वे जहाँ भी राक्षसों को देखते, उनका वध कर डालते। राक्षस-कुल में ऐसा कोई भी परम शक्तिशाली राक्षस नहीं था, जिसके नेतृत्व में वे देवताओं का सामना कर सकते। अंततः राक्षसराज माल्यवान् अन्य राक्षसों के साथ पाताल चला गया। अनेक वर्ष बीत गए। राक्षसों का बल नष्ट हो चुका था। वे दीन-हीन होकर पाताल में निवास कर रहे थे। माल्यवान् से अपने कुल की यह दयनीय दशा देखी नहीं गई। उसने दैत्यगुरु शुक्राचार्य से राक्षस कुल को दुर्गति से बचाने की प्रार्थना की।

दैत्यगुरु शुक्राचार्य बोले, "माल्यवान्, परम तपस्वी और शक्तिशाली राक्षस के नेतृत्व में ही राक्षस-कुल का बल, ऐश्वर्य और प्रभाव बढ़ सकता है। वत्स, महर्षि पुलस्त्य के पुत्र विश्रवा मुनि परम तपस्वी और तेजस्वी हैं। तुम अपनी पुत्री कैकसी का विवाह उनके साथ कर दो। उनके प्रभाव से कैकसी एक अद्वितीय पुत्र को जन्म देगी, जो तीनों लोकों में राक्षस जाति का प्रभाव बढ़ाएगा।"

राक्षसों की शक्ति बढ़ाने और देवताओं से प्रतिशोध लेने के लिए माल्यवान् इस कार्य के लिए सहमत हो गया। वह जानता था कि विश्रवा मुनि एक राक्षसी से कदापि विवाह नहीं करेंगे। अतः उसने एक योजना बनाई और अपनी पुत्री को मुनि के पास भेजा। अन्य राक्षस-युवतियों की अपेक्षा कैकसी अत्यंत सुंदर और रूपवती थी। पिता की आज्ञा से वह विश्रवा मुनि के पास पहुँची। उस समय मुनिवर ध्यानमग्न थे। कैकसी वहीं रहकर उनकी सेवा करने लगी।

कुछ समय बाद जब विश्रवा मुनि समाधि से विरक्त हुए तो उन्होंने कैकसी को देखा। वे पल भर में जान गए कि इस युवती ने उनकी सेवा की है। उन्होंने प्रसन्न होकर

कैकसी से वर माँगने के लिए कहा।

कैकसी बोली, "मुनिवर, मैंने एक पत्नी की भाँति निष्ठापूर्वक आपकी सेवा की है। इसलिए वरस्वरूप आप मुझे अपनी पत्नी बनाने का सौभाग्य प्रदान करें।"

विश्रवा मुनि पहले ही कैकसी के सेवाभाव से प्रभावित थे। उन्होंने उसे पत्नी-रूप में स्वीकार कर लिया। कुछ समय बाद उसने पुत्र को जन्म दिया और उसका नाम 'रावण' रखा। तदनंतर कुंभकर्ण, विभीषण और पुत्री शूर्पणखा उत्पन्न हुए। इनमें कुंभकर्ण और शुर्पणखा ज्येष्ठ भाई रावण के समान क्रूर, पापी और अत्याचारी थे, जबकि विभीषण की भगवान् श्रीविष्णु के चरणों में अटूट निष्ठा थी। युवा होने पर कैकसी की चारों संतानों ने कठोर तपस्या द्वारा असीमित शक्तियाँ प्राप्त कीं।

यक्षराज कुबेर महर्षि विश्रवा की पहली पत्नी के गर्भ से उत्पन्न हुए थे। इस प्रकार वे रावण के सौतेले भाई थे। भगवान् शिव ने वरदानस्वरूप उन्हें लंका प्रदान की थी, जहाँ वे यक्षों के साथ निवास करते थे।

कैकसी कुबेर से ईर्ष्या करती थी। उसके उकसाने पर रावण ने कुबेर पर आक्रमण कर दिया। दोनों पक्षों में भयंकर युद्ध हुआ। अंततः राक्षसराज रावण ने उन्हें पराजित कर

लंका और पुष्पक विमान पर अधिकार कर लिया। कुबेर प्राण बचाकर अपने पितामह पुलस्त्य मुनि के पास पहुँचे और सहायता की प्रार्थना की। पुलस्त्य मुनि ने उन्हें भगवान् शिव की आराधना करने का परामर्श दिया।

कुबेर गौतमी गंगा में स्नान कर भगवान् शिव की आराधना करने लगे। अंततः भगवान् शिव प्रकट हुए और उन्हें वरदान देते हुए बोले, "वत्स, तुम्हारी भक्ति और निष्ठा से प्रसन्न होकर मैं तुम्हें दिग्पाल के पद पर नियुक्त करके धन का प्रभुत्व प्रदान करता हूँ। आज से तुम्हारे सभी दुःखों का अंत हो जाएगा और तुम धनपति होकर संसार में पूजनीय हो जाओगे। तुम्हारी कृपा प्राप्त करनेवाला मनुष्य ऐश्वर्य और वैभव से संपन्न हो जाएगा। तुम्हारी सभी मनोकामनाएँ पूर्ण होंगी।"

इस प्रकार शिवजी के वरदान के कारण कुबेर दिग्पाल के पद पर आसीन होकर धनपति कहलाए। जिस स्थान पर उन्होंने शिव-उपासना की थी, वह स्थान 'धनद तीर्थ', 'पौलस्त्य तीर्थ' और 'वैश्रवस तीर्थ' के नाम से प्रसिद्ध हुआ।

□

देवों के मुख

जातवेदा अग्निदेव के भाई थे। वे ऋषि-मुनियों द्वारा यज्ञ एवं हवन में अर्पित किया गया हविष्य (भोग) देवताओं तक पहुँचाया करते थे। इसे ग्रहण करने के बाद देवताओं के बल, पराक्रम, ऐश्वर्य और शक्ति में निरंतर वृद्धि होती थी।

एक बार ऋषि-मुनिगण गौतमी गंगा के तट पर एक विशाल यज्ञ कर रहे थे। इस यज्ञ का उद्‌देश्य देवताओं को दिव्य हविष्य प्रदान कर परम शक्तिशाली बनाना था। जातवेदा यज्ञ के हविष्य को वहन कर रहे थे। दैत्यगुरु शुक्राचार्य को जब इस यज्ञ के बारे में पता चला तो वे अत्यंत चिंतित हो गए। उन्होंने उसी समय मधु नामक एक शक्तिशाली दैत्य को बुलाया।

मधु दैत्य माता दिति का पुत्र था। उसने कठोर तपस्या कर कई दिव्य शक्तियाँ प्राप्त की थीं। उसका एकमात्र उद्‌देश्य देवताओं को पराजित कर तीनों लोकों पर अधिकार करना था।

शुक्राचार्य उसे सारी स्थिति समझाते हुए बोले, "दैत्यराज, ऋषि-मुनिगण देवताओं को शक्तिशाली बनाने के लिए यज्ञ कर रहे हैं। इस यज्ञ का हविष्य ग्रहण करने से उनके बल में अपार वृद्धि हो जाएगी। तब उन्हें पराजित करना दैत्यों के लिए असंभव हो जाएगा। इसलिए किसी भी तरह हविष्य को देवताओं तक पहुँचने से रोकना होगा। वत्स, दिव्य शक्तियों के स्वामी होने के कारण यह कार्य केवल तुम ही कर सकते हो। जाओ, शीघ्रता से इस कार्य को संपन्न करो।"

आज्ञा पाते ही मधु यज्ञ-स्थल पर जा पहुँचा। वहाँ उसे देवताओं के लिए हविष्य

ले जाते हुए जातवेदा दिखाई दिए। 'यदि मैं यज्ञ में विघ्न डालूँगा तो ऋषि-मुनियों का क्रोध मुझे जलाकर भस्म कर देगा। अतः जातवेदा को ही हविष्य ले जाने से रोकना होगा।' यह सोचकर मधु ने जातवेदा पर आक्रमण कर दिया।

दोनों में भयंकर युद्ध हुआ। परंतु मधु के समक्ष जातवेदा कमजोर पड़ गए। मधु ने तलवार के एक ही वार से जातवेदा का मस्तक काट डाला। उनके मरते ही चारों ओर घनघोर अंधकार छा गया।

अग्निदेव को जब अपने भाई की मृत्यु का समाचार मिला तो वे रुष्ट होकर गौतमी गंगा के जल में समा गए। जातवेदा की मृत्यु और अग्निदेव के अदृश्य होने से देवताओं को हविष्य मिलना बंद हो गया। धीरे-धीरे उनकी शक्ति समाप्त होने लगी। पृथ्वी के प्राणियों का जीवन संकट में पड़ गया। ऐसी विकट स्थिति में ब्रह्माजी के परामर्श पर देवगण, पितृगण एवं ऋषि-मुनिगण गौतमी गंगा के तट पर पहुँचें और उनकी स्तुति करते हुए बोले, "हे अग्निदेव! आप सभी देवताओं में प्रधान देव हैं। आपके द्वारा स्वीकार

किया गया अन्नादि हविष्य देवताओं एवं पितरों को संतुष्ट करता है। आप ही प्राणियों में निवास करते हुए उनके भोजन को पचाने का कार्य करते हैं। आपकी विमुखता सृष्टि को संकट में डाल रही है। कृपया क्रोध शांत कर आप पुनः अपने स्थान पर विराजमान हों।''

अग्निदेव प्रकट होकर बोले, ''हे देवगण! मेरा भाई जातवेदा आपका कार्य करते हुए मारा गया है। उसकी मृत्यु ने मुझे इस कार्य से विरक्त कर दिया है। इसलिए आप मुझे यह कार्य करने के लिए विवश न करें।''

तब देवगण उन्हें वरदान देते हुए बोले, ''अग्निदेव, आज से आप देवताओं के मुख कहलाएँगे। हम आपको दीर्घायु तथा सर्वत्र व्याप्त होने की शक्ति प्रदान करते हैं। यज्ञ-हवन में पड़नेवाली प्रथम आहुति आपको ही मिलेगी। सृष्टि के सभी प्राणी आपसे भयभीत रहेंगे।''

इस प्रकार वरदान प्राप्त कर अग्निदेव पुनः अपने स्थान पर आसीन हुए।

□

अजेय हारा

एक बार पाताल लोक में अरुण नामक एक भयंकर और शक्तिशाली दैत्य हुआ। वह खेल-ही-खेल में पर्वतों को उखाड़कर फेंक देता था। उसकी भुजाओं का बल सहस्रों मनुष्यों को एक साथ मसलने के लिए पर्याप्त था। उसके नेत्रों से निकलनेवाली तीव्र अग्नि-ज्वालाएँ धातु को भी पिघला देती थीं।

अन्य दैत्यों की भाँति अरुण भी देवताओं से ईर्ष्या करता था। वह उन्हें पराजित कर तीनों लोकों पर अधिकार करने का स्वप्न देखा करता था। अपने इसी स्वप्न को पूरा करने के लिए उसने कठोर तपस्या आरंभ कर दी। अनेक वर्ष बीतने के बाद अरुण का तपोबल अग्नि-रूप में प्रकट होकर तीनों लोकों को जलाने लगा। चारों ओर हाहाकार मच गया। तब ब्रह्माजी देवी गायत्री के साथ प्रकट हुए और अरुण से वर माँगने के लिए कहा।

अरुण वर माँगते हुए बोला, "हे पितामह! मुझे वर दें कि मैं न तो युद्ध में काल का ग्रास बनूँ और न ही कोई अस्त्र-शस्त्र मेरा अहित कर पाए। स्त्री या पुरुष कोई भी मेरी मृत्यु का कारण न बने। दो या चार पैरोंवाले प्राणी भी मेरे प्राण न हर सकें। मुझमें अतुलनीय बल और शक्ति उत्पन्न हो जाए, जिससे मैं तीनों लोकों को जीत सकूँ। मैं सृष्टि का सबसे शक्तिशाली प्राणी बन जाऊँ।"

"तथास्तु!" ब्रह्माजी ने उसे मनोवांछित वरदान प्रदान कर दिया।

तदंतर अरुण ने देवी गायत्री की स्तुति की। उन्होंने उसे वर दिया कि जब तक वह गायत्री मंत्र का जाप करता रहेगा, तब तक कोई भी उसका अहित नहीं कर सकता; वह संसार में अपराजेय रहेगा।

मनोवांछित वर पाकर अरुण की प्रसन्नता का ठिकाना न रहा। उसने दैत्य-सेना तैयार कर स्वर्ग पर आक्रमण कर दिया। देवताओं ने उसका जमकर सामना किया, परंतु उसके तेजस्वी स्वरूप के समक्ष वे परास्त हो गए। देवगण प्राण बचाकर भाग गए और स्वर्ग पर दैत्यों का अधिकार हो गया। इंद्रासन पर आसीन होने के बाद भी वह नियमित रूप से गायत्री मंत्र का जाप करता था। इससे उसके तेज में निरंतर वृद्धि होती गई।

इधर, पराजित देवगण भगवान् शिव की शरण में पहुँचे। शिवजी उन्हें समझाते हुए बोले, ''देवगण, ब्रह्माजी से वरदान प्राप्त करने के बाद अरुण अजेय हो गया है। युद्ध में उसे पराजित करना असंभव है। अत: सर्वप्रथम उसे गायत्री मंत्र से विमुख करना आवश्यक है। फिर भगवती जगदंबा की आराधना करो। उनकी कृपा से तुम्हारे सभी कार्य सिद्ध हो जाएँगे।''

तब देवताओं के कल्याण के लिए देवर्षि नारद ने दैत्यराज अरुण को वाग्जाल में फँसाकर उसे गायत्री मंत्र से विमुख कर दिया। इसके बाद देवगण हिमालय पर जाकर भगवती जगदंबा की स्तुति करने लगे। उनकी स्तुति से प्रसन्न होकर भगवती जगदंबा ने अपने तेज से एक देवी प्रकट की। उस देवी को चारों ओर से असंख्य भ्रमरों ने घेरा हुआ था। इसलिए वे देवी 'भ्रामरी' के नाम से प्रसिद्ध हुईं।

देवताओं की करुण विनती सुनकर देवी भ्रामरी क्रोधित हो गईं। उन्होंने दैत्य अरुण के संहार के लिए भ्रमरों को भेजा। भ्रमरों ने दैत्यों पर आक्रमण कर दिया। देखते-ही-देखते उन्होंने अपने तीखे-विषैले डंकों से दैत्यराज अरुण सहित संपूर्ण दैत्य-सेना का संहार कर दिया। वरदान के अनुसार न तो यह युद्ध था और न ही अस्त्र-शस्त्र का प्रयोग हुआ था; भ्रमर न तो द्विपद थे और न ही चतुष्पद।

इस प्रकार माता भ्रामरी की कृपा से दैत्यराज अरुण अजेय होते हुए भी काल का ग्रास बन गया।

□

दूध क्यों दूँ?

एक बार भगवान् श्रीकृष्ण-राधा और अन्य गोपियों के साथ वृंदावन में पधारे। वहाँ के मनोहर वातावरण ने उन्हें भाव-विभोर कर दिया। तदनंतर उन्होंने राधा और गोपियों के साथ भिन्न-भिन्न क्रीड़ाएँ कीं। सहसा लीलावश वे एक स्थान पर बैठ गए; उनके मन में दूध पीने की इच्छा हो गई।

उन्होंने उसी क्षण अपने तेज से एक दिव्य गाय को प्रकट किया। यह गाय 'सुरभि' के नाम से प्रसिद्ध हुई। सुरभि के साथ एक बछड़ा भी था, जिसका नाम मनोरथ था। श्रीकृष्ण की आज्ञा पर सुदामा ने एक अद्‌भुत कलश में सुरभि का दूध दुहा। वह तेजोमय दूध प्राणी को जन्म-मृत्यु के चक्र से मुक्ति दिलवानेवाला था।

भगवान् श्रीकृष्ण ने हाथ में कलश लिया और उस स्वादिष्ट दूध को पीने लगे। अचानक दूध का कलश उनके हाथों से फिसला और नीचे गिरकर टूट गया। कलश का दूध भूमि पर फैलने लगा। धीरे-धीरे वहाँ दूध का विशाल सरोवर बन गया। यही सरोवर 'क्षीरसागर' कहलाया।

तत्पश्चात् भगवान् श्रीकृष्ण सुरभि से बोले, "देवी, तुम्हारी उत्पत्ति का उद्‌देश्य जगत् का कल्याण है। तुम्हारे अमृतमय दूध के सेवन से मनुष्य के बल, शौर्य, बुद्धि और ज्ञान में वृद्धि होगी। तुम्हारे अंश से उत्पन्न असंख्य गौएँ प्राणियों को अपने दूध से तृप्त करेंगी। यज्ञ एवं हवन के लिए

तुम्हारे दूध से बना घृत पवित्र माना जाएगा। तुम्हारे गोबर और मूत्र में लक्ष्मी का वास होगा। जो मनुष्य तुम्हारे गौ–रूप की पूजा करेगा, लक्ष्मी की उस पर असीम कृपा रहेगी; उसका ऐश्वर्य और वैभव निरंतर बढ़ेगा। तुम्हारी उपासना से भक्तों की समस्त इच्छाएँ पूर्ण होंगी; उनके सभी पापों का नाश हो जाएगा। तुम्हारा निरादर करनेवाला अथवा मारनेवाला ब्रह्म–हत्या का दोषी होगा। ऐसा पापी सहस्र वर्षों तक कठोर नरक भोगेगा।''

इसके बाद सुरभि ने अपने अंश से अनेक गौएँ एवं उनकी सेवा के लिए असंख्य गोप प्रकट किए। उन गौओं से उत्पन्न संतानें संसार में फैल गईं और अपने अमृतमय दूध से प्राणियों को तृप्त करने लगीं। इस प्रकार सुरभि को गौओं की जननी भी कहा गया है।

एक बार अहंकारवश देवराज इंद्र ने सुरभि का अपमान कर दिया। रुष्ट होकर सुरभि ने दूध देना बंद कर दिया। इसके फलस्वरूप सृष्टि में चारों ओर दूध का अभाव हो गया। दूध के बिना अनेक प्राणी भूख से काल का ग्रास बन गए। यज्ञ एवं हवन आदि कार्य भी दूध के कारण बाधित हो गए। इससे इंद्र आदि देवताओं को हविष्य मिलना बंद हो गया और वे तेजहीन हो गए।

इंद्र ब्रह्माजी की शरण में जाकर करुण विनती करने लगे। तब ब्रह्माजी ने उन्हें समझाया, ''देवेंद्र, देवी सुरभि भगवान् श्रीकृष्ण के लिए परम पूजनीय हैं। उनका अपमान करके तुमने स्वयं अलक्ष्मी को आमंत्रित किया है। उनकी कृपादृष्टि प्राप्त किए बिना तुम्हारा कोई भी मनोरथ सफल नहीं होगा।''

तब देवेंद्र सुरभि की शरण में गए और उनकी स्तुति करते हुए बोले, ''माते! मैंने अहंकारवश आपका जो अपमान किया है, उसके लिए मुझे क्षमा करें। माते, हम आपकी संतान हैं। आपके दूध के सेवन से ही संसार फल–फूल रहा है। आपकी विमुखता इसे सर्वनाश की ओर धकेल देगी। कृपया हमें अपनी शरण में ले लें।''इंद्र द्वारा स्तुति किए जाने पर सुरभि का हृदय भर आया और वे पुनः दूध देने लगीं।

□

स्वाहा आहा

सृष्टि के आरंभ में देवताओं के लिए भोजन निर्धारित नहीं था। वे भोजन की खोज में इधर-उधर भटकते रहते थे। कभी भोजन मिलता तो कभी भूखे ही रह जाते थे। ऐसी स्थिति से दुःखी होकर वे भगवान् विष्णु की शरण में गए और उनकी स्तुति करते हुए बोले, "हे सृष्टि के पालनहार! हे परब्रह्म! हे भक्त-वत्सल! रक्षा करें। भगवन्, आपने संसार के प्रत्येक प्राणी के लिए अन्न की व्यवस्था की है। इस अन्न से उनका पोषण होता है। परंतु हमारे लिए आपने कोई भोजन निश्चित नहीं किया। भोजन के अभाव में हमारी शक्ति दिन-प्रतिदिन क्षीण होती जा रही है। प्रभु, आप सृष्टि के पालनहार हैं, देवों के भी देव हैं। कृपया हमारे लिए भी भोजन की उचित व्यवस्था करें।"

तब श्रीविष्णु ने अपने अंश से एक दिव्य पुरुष को प्रकट किया और देवताओं से बोले, "देवगण, ये दिव्य पुरुष संसार में यज्ञ नाम से प्रसिद्ध होंगे। आज से ये आपके भोजन का माध्यम बनेंगे। पृथ्वी पर ब्राह्मण, ऋषि, मुनि अथवा मनुष्य यज्ञ में जो पदार्थ अर्पित करेंगे, वही आपको भोजन रूप में प्राप्त होगा।"

इस प्रकार श्रीविष्णु ने देवताओं के लिए भोजन की व्यवस्था की। लेकिन यज्ञ की उत्पत्ति के बाद भी देवताओं की समस्या ज्यों-की-त्यों बनी रही। ऋषि-मुनिगण यज्ञ में जो पदार्थ डालते थे, वह अग्नि में जल नहीं पाता था। इससे देवताओं की क्षुधा शांत नहीं होती थी। अंततः वे भगवान् श्रीकृष्ण की शरण में गए और उनकी स्तुति करते हुए बोले, "हे भगवन्! श्रीविष्णु ने हमारी सहायता के लिए यज्ञ-पुरुष को उत्पन्न किया है। परंतु भस्म शक्ति का अभाव होने के कारण यज्ञ करते समय अग्नि में डाले गए पदार्थ को

अग्निदेव भस्म नहीं कर पाते। अतः प्रभु, आप अग्नि को भस्म करने की शक्ति प्रदान करें, जिससे यज्ञ का हविष्य देवताओं को प्राप्त हो सके।''

देवताओं की प्रार्थना सुनकर भगवान् श्रीकृष्ण ने भगवती राधा के अंश से एक दिव्य युवती को प्रकट किया। तदनंतर वे बोले, ''देवगण, भगवती के अंश से उत्पन्न ये देवी आपकी समस्त मनोकामनाएँ पूर्ण करेंगी। ये अग्निदेव की स्वाहा शक्ति बनकर जगत् में 'स्वाहा' नाम से प्रसिद्ध होंगी। इनकी शक्ति से ही आपको यज्ञ का हविष्य प्राप्त होगा और आपकी शक्ति में निरंतर वृद्धि होगी। इनके नाम का उच्चारण करके जो भी पदार्थ यज्ञ में अर्पित किया जाएगा, वह देवताओं को सहज ही प्राप्त हो जाएगा।''

ब्रह्माजी के परामर्श से अग्निदेव ने स्वाहा के समक्ष विवाह का प्रस्ताव रखा। लेकिन स्वाहा का हृदय भगवान् श्रीकृष्ण के चरणों में लीन था। वे उन्हें प्राप्त करने के उद्देश्य से कठोर तपस्या करने लगीं। उनकी तपस्या से प्रसन्न होकर भगवान् श्रीकृष्ण ने उन्हें दर्शन दिए और वर देते हुए बोले, ''देवी, मेरे वराह अवतार के समय तुम नग्नजित् नामक राजा की पुत्री के रूप में उत्पन्न होकर 'नाग्नजिती' के नाम से प्रसिद्ध होगी। तब तुम्हें मेरी पत्नी बनने का सौभाग्य प्राप्त होगा। इस समय देवताओं को तुम्हारी आवश्यकता है। इसलिए अग्निदेव का वरण करके देवताओं के मनोरथ पूर्ण करो।''

श्रीकृष्ण के समझाने पर स्वाहा ने अग्निदेव से विवाह कर लिया।

इस प्रकार देवताओं के भोजन की समस्या का समाधान हो गया। तभी से यज्ञ में पदार्थ डालते समय 'स्वाहा' शब्द का उच्चारण किया जाने लगा।

□

'शिला बन जाओ'

राजा धर्मध्वज बड़े वीर, धर्मात्मा, दयालु, परोपकारी और नीतिवान् थे। प्रजा उनसे बड़ा प्रेम करती थी। उनका विवाह माधवी नामक राजकुमारी के साथ हुआ था। पति के समान माधवी भी बड़ी साध्वी और पतिव्रता नारी थी। वे दोनों भगवती जगदंबा के अनन्य भक्त थे। प्रतिदिन उनकी पूजा-उपासना करने के बाद ही वे दैनिक कार्यों का आरंभ करते थे। भगवती की कृपा से विवाह के बाद माधवी ने एक सुंदर और दिव्य कन्या को जन्म दिया। उस कन्या का जन्म शुभ दिन, शुभ योग और शुभ लग्न में हुआ था। उसकी सुंदरता अतुलनीय थी। इसलिए कुल पुरोहित ने उसका नाम 'तुलसी' रखा।

युवा होने पर तुलसी वन में जाकर कठोर तप करने लगी। वह भगवान् विष्णु को पतिरूप में पाने का निश्चय कर चुकी थी। उसकी तपस्या से प्रसन्न होकर ब्रह्माजी प्रकट हुए और उसे वर देते हुए बोले, "पुत्री, तुम जिस उद्देश्य से तपस्या कर रही हो, वह अवश्य पूर्ण होगा। हे पुत्री! दैत्यकुल में शंखचूड़ नामक वीर और पराक्रमी दैत्य है। श्रीविष्णु का अंश रूप होने के कारण वह उन्हीं के समान तेजस्वी और ज्ञानवान् है। इस जन्म में शंखचूड़ तुम्हारा वरण कर तुम्हारा मनोरथ पूर्ण करेगा।"

कुछ समय बाद ब्रह्माजी के वरदानस्वरूप तुलसी का विवाह शंखचूड़ के साथ हो गया।

तुलसी जैसी पतिव्रता और तपस्विनी पत्नी पाकर शंखचूड़ की शक्ति असीमित रूप से बढ़ गई। उसने स्वर्ग पर आक्रमण करके देवताओं को पराजित कर दिया। देवगण प्राण बचाकर भगवान् विष्णु की शरण में पहुँचे।

तब श्रीविष्णु बोले, "हे देवगण! प्राचीन समय में मेरा सुदामा नामक एक अत्यंत

प्रिय गोप था। भगवती राधा ने एक बार किसी बात पर क्रोधित होकर उसे दैत्य योनि में जन्म लेने का शाप दे दिया था। वही सुदामा गोप दनु वंश में शंखचूड़ के नाम से उत्पन्न हुआ है। मृत्यु उपरांत वह पुनः मेरे परम धाम को प्राप्त करेगा। लेकिन उसकी मृत्यु इतनी सरल नहीं है। उसे ब्रह्माजी से वरदान प्राप्त है कि जब तक उसके गले में भगवती का रक्षा-कवच और तुलसी का सतीत्व सुरक्षित है, तब तक कोई उसका अहित नहीं कर सकता। परंतु सृष्टि के कल्याण के लिए अपनी माया द्वारा मैं तुलसी का सतीत्व भंग करूँगा। तदनंतर भगवान् शिव अपने त्रिशूल द्वारा शंखचूड़ का संहार करेंगे।''

देवताओं में उत्साह का संचार हो गया। उन्होंने भगवान् शिव के नेतृत्व में शंखचूड़ पर आक्रमण कर दिया। दोनों पक्षों में भयंकर युद्ध छिड़ गया। इसी बीच श्रीविष्णु ने ब्राह्मण-रूप धारण करके शंखचूड़ से दान में उसका भगवती रक्षा-कवच माँग लिया। चूँकि शंखचूड़ ब्राह्मणों का सम्मान करता था, अतः उसने उनकी इच्छा पूर्ण कर दी। तदनंतर श्रीविष्णु ने शंखचूड़ का रूप धारण करके तुलसी का सतीत्व भंग कर दिया।

तुलसी को जब इस छल के बारे में पता चला तो वे क्रोधित होकर बोलीं, ''हे

भगवन्! आपने मेरा सतीत्व भंग कर मेरे पति को काल के मुख में पहुँचा दिया है। आपका यह व्यवहार पाषाण के समान है। इसलिए मैं आपको शिला बनने का शाप देती हूँ कि आप शिला बन जाएँ।''

श्रीविष्णु उसे शांत करते हुए बोले, ''हे तुलसी! शंखचूड़ मेरे अंश से उत्पन्न हुआ था, मृत्यु के बाद मुझमें ही लीन हो जाएगा। तुम भी मृत्यु के बाद मेरे हृदय में स्थान प्राप्त करोगी। देवी, तुम्हारा वर्तमान शरीर गंडकी नदी के रूप में परिणत हो जाएगा; तुम्हारे केशों से तुलसी नामक एक दिव्य वृक्ष उत्पन्न होगा। मेरा शिला-रूप शालिग्राम कहलाएगा। जो भक्त तुलसी और शालिग्राम का विवाह कराएँ, उनकी सभी इच्छाएँ पूर्ण होंगी।''

तब तुलसी शरीर त्यागकर भगवान् विष्णु के साथ बैकुंठ लोक में चली गई।

इधर शिवजी ने शंखचूड़ पर त्रिशूल चला दिया। शंखचूड़ सारा रहस्य जान चुका था। उसने धनुष एक ओर रख दिया और योगासन लगाकर श्रीविष्णु का स्मरण करने लगा। त्रिशूल ने शंखचूड़ सहित सभी दैत्यों को अपनी तीव्र अग्नि में जलाकर भस्म कर दिया। तदनंतर शंखचूड़ एक दिव्य गोप का वेश धारण कर गोलोक को चला गया।

□

पतित-पावनी गंगा

एक बार गोलोक में वसंतोत्सव मनाया जा रहा था। इस अवसर पर भगवान् श्रीकृष्ण, ब्रह्माजी, विष्णु, शिव, इंद्र, अग्नि आदि देवताओं ने भगवती राधाजी की पूजा-उपासना की। तदनंतर ऋषि-मुनियों ने वैदिक मंत्रों द्वारा उनकी स्तुति की।

इस अवसर पर देवी सरस्वती वीणा लेकर मधुर स्वर में गीत गाने लगीं। इससे उद्वेलित होकर शिव भी गायन में उनका साथ देने लगे। सभी मंत्रमुग्ध होकर गायन का आनंद ले रहे थे। सहसा वहाँ उपस्थित देवताओं को चारों ओर जल दिखाई देने लगा। उन्होंने भगवान् श्रीकृष्ण की ओर देखा। परंतु वे राधा सहित वहाँ से अदृश्य हो गए थे। ऐसे में भयभीत देवगण एवं ऋषि-मुनि उनकी स्तुति करते हुए प्रकट होने की प्रार्थना करने लगे। तभी भगवान् श्रीकृष्ण का स्वर सुनाई दिया, ''सृष्टि के कल्याण के लिए ही हमने जलमय रूप धारण किया है। हे शिव! यदि तुम मेरे पुनः दर्शन करना चाहते हो तो ऐसे तंत्रशास्त्र का निर्माण करो, जिसमें सम्मिलित मंत्र, स्तोत्र, कवच एवं ध्यान-विधियाँ भक्तों की मनोकामनाएँ पूर्ण करनेवाली हों।''

भगवान् शिव ने हाथ में जल लेकर तंत्रशास्त्र के निर्माण की प्रतिज्ञा की। तत्पश्चात् उन्होंने 'मुक्तिदीप' नामक तंत्रशास्त्र का निर्माण किया। इसमें उन्होंने भगवान् श्रीकृष्ण से संबंधित श्लोकों को सम्मिलित किया। इनके जाप और पठन-पाठन से भक्तों की समस्त मनोकामनाएँ पूर्ण होती हैं तथा मृत्यु उपरांत उन्हें मोक्ष प्राप्त होता है।

तंत्रशास्त्र का निर्माण-कार्य पूर्ण होते ही श्रीकृष्ण और राधा पुनः प्रकट हो गए। उनके शरीर से प्रकट हुआ जल 'गंगा' कहलाया। बाद में भगीरथ द्वारा देवी गंगा नदी-रूप में पृथ्वी पर पधारीं। इस कथा के अनुसार–

एक बार राजा सगर ने एक विशाल अश्वमेध यज्ञ का आयोजन किया। इस अवसर

पर देवताओं सहित सभी ऋषि-मुनियों को आमंत्रित किया गया। नियत समय पर यज्ञ का घोड़ा छोड़ा गया। उसकी रक्षा के लिए सगर के साठ हजार पुत्र भी अस्त्र-शस्त्र से युक्त होकर साथ चल दिए। राजा सगर की वैभवता और बल देखकर देवराज इंद्र के मन में भय उत्पन्न हो गया। अत: उन्होंने छलपूर्वक यज्ञ-अश्व चुरा लिया और उसे कपिल मुनि के आश्रम में छिपा दिया। अश्व के बिना यज्ञ अधूरा था; चारों ओर उसकी खोज होने लगी। इस प्रयास में सगर के पुत्र संपूर्ण पृथ्वी को खोदते हुए कपिल मुनि के आश्रम में जा पहुँचे।

उस समय कपिल मुनि तपस्या में लीन थे; निकट ही यज्ञ का अश्व बँधा हुआ था। उन्होंने सोचा कि कपिल मुनि ने ही जान-बूझकर यज्ञ-अश्व का हरण किया है। अत: वे मुनि को अपशब्द कहते हुए उनका अपमान करने लगे। तब कपिल मुनि ने क्रोध में भरकर सगर के साठ हजार पुत्रों को एक हुंकार में ही भस्म कर डाला।

इस घटना के विषय में सुनकर सगर के शोक की सीमा न रही। उन्होंने पौत्र अंशुमान को मुनि के पास क्षमा माँगने के लिए भेजा। अंशुमान की स्तुति से प्रसन्न होकर

कपिल मुनि ने यज्ञ-अश्व लौटा दिया, साथ ही सगर-पुत्रों के उद्धार का मार्ग बताते हुए बोले, ''वत्स, अकारण काल का ग्रास बने सगर-पुत्रों का उद्धार केवल परम-पवित्र गंगा ही कर सकती हैं। इसलिए उन्हें पृथ्वी पर लाने का प्रयास करो।''

यज्ञ-समाप्ति के बाद पुत्रों के उद्धार हेतु राजा सगर कठोर तपस्या करने लगे। उनकी मृत्यु के बाद उनके पौत्र अंशुमान ने और अंशुमान के बाद उनके पुत्र दिलीप ने हजारों वर्षों तक कठोर तपस्या की। अंततः दिलीप के पुत्र भगीरथ की कठोर तपस्या से भगवान् विष्णु प्रसन्न हुए और गंगा को पृथ्वीलोक ले जाने की अनुमति दे दी।

गंगा जब स्वर्ग से पृथ्वी की ओर चलीं, उस समय उनका वेग अत्यंत तीव्र था। इससे पृथ्वी भयभीत हो गई। ऐसी स्थिति में भगवान् शिव ने गंगा को अपनी जटाओं में स्थान देकर उसका वेग शांत किया; तदनंतर उसकी एक जलधारा पृथ्वी की ओर मोड़ दी। भगीरथ का अनुगमन करती हुई गंगा उस स्थान पर आ पहुँचीं, जहाँ सगर-पुत्रों की भस्म पड़ी थी। पवित्र गंगा का स्पर्श पाते ही सगर-पुत्रों का उद्धार हो गया।

इस प्रकार कठोर तप के बल पर भगीरथ पुण्य-प्रदायक गंगा को पृथ्वी पर लाने में सफल हुए।

□

चरणों में लीन

भगवान् श्रीकृष्ण ने अपने एक भाग से भगवती राधा को तथा दूसरे भाग से देवी गंगा को प्रकट किया था। इस प्रकार दोनों को ही श्रीकृष्ण के अंश से उत्पन्न होकर उनकी प्रेयसी बनने का सौभाग्य प्राप्त हुआ।

एक बार देवी गंगा विभिन्न रत्नों से अलंकृत होकर भगवान् श्रीकृष्ण के साथ प्रेमालाप कर रही थीं। उनके रूप-सौंदर्य ने श्रीकृष्ण को मंत्रमुग्ध कर दिया था। तभी राधा अपनी सखियों के साथ वहाँ पहुँचीं। उन्होंने जब यह दृश्य देखा तो ईर्ष्यावश उनका चेहरा लाल हो गया। उनके इस रूप को देखकर गोपियाँ भयभीत होकर उनकी स्तुति करने लगीं। स्वयं श्रीकृष्ण भी प्रेम भरे शब्दों से उनके क्रोध को शांत करने का प्रयास करने लगे।

राधा के क्रोधित व्यवहार के बारे में गंगा पहले से ही जानती थीं। भय से वे थर-थर काँपने लगीं और श्रीकृष्ण के पीछे जाकर छिप गईं। यह देखकर राधा श्रीकृष्ण को संबोधित करके बोलीं, "भगवन्, आपके साथ सुशोभित यह सुंदर युवती कौन है? इसके रूप-सौंदर्य ने आपको भी मोहित-सा कर दिया है। आपको स्वयं की कोई सुधबुध नहीं रही। इसने मेरी उपस्थिति में आपके साथ प्रेमालाप करने का दुःसाहस किया है। इसके लिए मैं इसे कदापि क्षमा नहीं कर सकती।"

यह कहकर वे गंगा की ओर पलटीं। योग-विद्या में निपुण होने के कारण गंगा उनके मनोभावों को जान गईं। उन्होंने उसी समय जल का रूप धारण कर लिया। परंतु राधा उन्हें दंडित करने का निश्चय कर चुकी थीं। वे जल को अंजुलि में भरकर पीने लगीं। स्वयं को संकट में देख गंगा भगवान् श्रीकृष्ण के चरणों में जाकर लीन हो गईं।

ईर्ष्यावश भगवती राधा गंगा के अस्तित्व को समाप्त कर देना चाहती थीं। उन्होंने सभी स्थानों पर गंगा को खोजा, परंतु वे उन्हें कहीं नहीं मिलीं।

इधर, गंगा के अदृश्य होने से सृष्टि में जल का अभाव हो गया। प्राणी प्यास से मरने लगे; चारों ओर हाहाकार मच गया। ऐसी भयंकर उथल-पुथल होते देख विष्णु, शिव, ब्रह्माजी, इंद्र, वरुण आदि देवता भयभीत होकर भगवान् श्रीकृष्ण की शरण में पहुँचे और उनकी स्तुति करने लगे।

तदंतर ब्रह्माजी बोले, ''हे परब्रह्म! हे भक्त-वत्सल! सृष्टि की रक्षा करो। देवी गंगा के अदृश्य हो जाने से जल का अभाव हो गया है। प्राणी काल का ग्रास बन रहे हैं; जलचरों का अस्तित्व समाप्त हो रहा है। ऐसे तो संपूर्ण सृष्टि ही नष्ट हो जाएगी। प्रभु, अब आप ही इस जगत् का उद्धार कर सकते हैं।''

श्रीकृष्ण बोले, ''हे देवो! भगवती राधा से भयभीत होकर ही देवी गंगा मेरे चरणों में लीन हो गई हैं। जब तक उनके भय का निवारण नहीं होता, वे अदृश्य रूप में ही रहेंगी। इसलिए सर्वप्रथम श्रीराधा के क्रोध को शांत करें। इसके बाद ही देवी गंगा का पुनः प्राकट्य होगा।''

तब ब्रह्माजी तथा अन्य देवताओं ने विभिन्न मंत्रों एवं स्तोत्रों द्वारा भगवती राधा की आराधना की। उनकी भक्ति से प्रसन्न होकर श्रीराधा ने देवी गंगा को क्षमा कर दिया। देखते-ही-देखते श्रीकृष्ण के अँगूठे के अग्रभाग से जल की धारा फूट पड़ी। प्रकट होकर देवी गंगा ने भगवती राधा की स्तुति की और उनकी कृपा-दृष्टि प्राप्त कर ब्रह्माजी के साथ बैकुंठ लोक लौट गईं।

ब्रह्माजी ने श्रीविष्णु को गंगा से विवाह करने का परामर्श दिया। भगवान् विष्णु ने उन्हें पत्नी-रूप में स्वीकार कर लिया। इस प्रकार देवी गंगा भगवान् विष्णु के साथ शोभायमान हो गईं। श्रीविष्णु के चरणों में स्थान पाने के कारण वे 'विष्णुपदी' के नाम से भी विख्यात हुईं।

□

पितृ तृप्त

सृष्टि की रचना करते समय ब्रह्माजी ने देवताओं, ऋषि-मुनियों, प्रजापतियों तथा सप्तर्षियों के साथ-साथ पितरों को भी उत्पन्न किया। ये संख्या में सात थे। इनमें से चार मूर्तिमान थे, जबकि तीन तेज-रूप में थे। ब्रह्माजी ने पितरों के भोजन के लिए श्राद्ध और तर्पण में अर्पित किया गया पदार्थ निश्चित किया।

परंतु ऋषि-मुनियों तथा ब्राह्मणों द्वारा भरपूर श्राद्ध-तर्पण करने के बाद भी पितरों को भोज्य पदार्थ नहीं मिले। वे भूख से पीड़ित होकर छटपटाने लगे। अंततः वे ब्रह्माजी की शरण में गए और विनती करते हुए बोले, "भगवन्, आपने हमें मनुष्यों के कल्याण के लिए उत्पन्न किया है। परंतु जब तक हम स्वस्थ एवं तृप्त नहीं होंगे, तब तक इस

उद्देश्य को पूर्ण करने में असमर्थ हैं। ब्रह्मदेव, आपने हमारे लिए श्राद्ध एवं तर्पण में अर्पित किया जानेवाला पदार्थ निर्धारित किया था। लेकिन उनके द्वारा अर्पित पदार्थ हमें प्राप्त नहीं हो रहे। प्रभु, जिस प्रकार देवताओं को यज्ञ एवं हवन का हविष्य प्रदान करने के लिए आपने भगवती जगदंबा की अंशस्वरूपा देवी स्वाहा को प्रकट किया था, उसी प्रकार हमारे लिए

भी ऐसी व्यवस्था करें, जिससे हम तृप्त और संतुष्ट हो सकें।''

ब्रह्माजी उन्हें समझाते हुए बोले, ''हे पुत्रो! चिंता त्याग दो। भगवती जगदंबा परम दयालु और भक्त-वत्सल हैं। जिस प्रकार उन्होंने देवताओं के कल्याण के लिए देवी स्वाहा को उत्पन्न किया था, उसी प्रकार वे आपके लिए भी ऐसी देवी को अवश्य प्रकट करेंगी, जिससे आपकी समस्या का समाधान हो जाएगा। उनसे की गई प्रार्थना कभी निरर्थक नहीं जाती।''

तदंतर ब्रह्माजी नेत्र बंद करके भगवती जगदंबा के परब्रह्म स्वरूप का ध्यान करने लगे। भगवती उनके हृदय की बात जान गईं। सहसा उनके तेज का एक भाग ब्रह्माजी के मन से एक सुंदर कन्या के रूप में प्रकट हुआ। वह कन्या दिव्य तेज से युक्त थी। उसके मुखमंडल की आभा संपूर्ण सृष्टि को प्रकाशित कर रही थी। भगवती जगदंबा की अंशा-रूपा होने के कारण वह श्रेष्ठ गुणों एवं लक्षणों से युक्त थी। विभिन्न रत्नों एवं आभूषणों से अलंकृत सौम्य चेहरेवाली उस कन्या को देखकर ब्रह्माजी भावविभोर हो गए। उन्होंने उसका नाम 'स्वधा' रखा और उसकी स्तुति करते हुए बोले, ''हे देवी! आपकी उत्पत्ति पितरों के कल्याण के लिए हुई है। अतः इन्हें अपनी कृपा से अनुगृहीत करें। देवी, आज से जो मनुष्य श्राद्ध और तर्पण करते समय मंत्रों के साथ 'स्वधा' शब्द का प्रयोग करेगा, उनका दान ही पितरों को स्वीकार्य होगा। पितृ ऐसे मनुष्यों की समस्त मनोकामनाएँ पूर्ण करेंगे। आपकी कृपा से मनुष्यों के पितृ संतुष्ट होकर मोक्ष प्राप्त करेंगे।''

इसके बाद देवताओं, पितरों तथा ऋषि-मुनियों ने वैदिक मंत्रों द्वारा देवी स्वधा की स्तुति की। तदनंतर पितरों ने ब्रह्माजी को प्रणाम किया और देवी स्वधा को लेकर अपने लोक को चले गए।

इस प्रकार देवी स्वधा की कृपा से पितरों को श्राद्ध और तर्पण में अर्पित किया गया पदार्थ भोजन-रूप में प्राप्त होने लगा।

□

षष्ठी देवी

स्वयंभुव मनु का प्रियव्रत नामक एक पुत्र था। ईश्वर में अगाध श्रद्धा होने के कारण वह योग द्वारा सदैव उनके परब्रह्म स्वरूप का चिंतन किया करता था। इससे सांसारिक बंधनों से उनका मोह भंग हो गया और उसने अविवाहित रहने का निश्चय कर लिया। इससे स्वायंभुव मनु अत्यंत दुःखी रहने लगे। उन्होंने ब्रह्माजी से प्रियव्रत को समझाने का आग्रह किया।

तब ब्रह्माजी ने प्रियव्रत को समझाया, ''हे वत्स, मनुष्य जीवन चार आश्रमों में बँटा हुआ है। जो प्राणी इनका समयानुसार पालन करते हैं, वे ही ईश्वर को सरलता से प्राप्त कर सकते हैं। स्वयं मैंने, भगवान् शिव और श्रीविष्णु ने भी विवाह कर मैथुनी सृष्टि के नियम का पालन किया है। इसलिए हठ त्याग दो और विवाह करके सुखपूर्वक पृथ्वी का उपभोग करो।''

तब प्रियव्रत ने मालिनी नामक राजकुमारी के साथ विवाह किया। परंतु विवाह के कई वर्ष बीत जाने के बाद भी उन्हें संतान-सुख नहीं मिला। तब महर्षि कश्यप ने उसके लिए पुत्रेष्टि यज्ञ किया। इस यज्ञ के प्रभाव से मालिनी ने एक सुंदर पुत्र को जन्म दिया। लेकिन दैववश जन्म लेते ही वह बालक काल का ग्रास बन गया। ऐसी भयंकर विडंबना देखकर सभी की आँखों में आँसू भर आए। मालिनी पुत्र-वियोग से मूर्च्छित हो गई।

कुछ समय बाद पुरोहित द्वारा समझाने पर राजा प्रियव्रत मृत बालक को लेकर श्मशान में गया। पुत्र का शव दफनाते समय दुःख के आवेग से उसके नेत्र भर आए। फिर स्वयं को सँभालने के लिए वह भगवती जगदंबा का स्मरण करने लगा।

सहसा वहाँ एक दिव्य विमान प्रकट हुआ। उस विमान में एक देवी विराजमान थीं।

प्रियव्रत ने उन्हें प्रणाम किया। वह देवी बोलीं, "हे राजन्! मैं ब्रह्माजी की मानस कन्या देवसेना हूँ। भगवती जगदंबा के छठे अंश से उत्पन्न होने के कारण मैं 'षष्ठी देवी' के नाम से भी प्रसिद्ध हूँ। राजन्, मेरी कृपा से ही संतानहीन को पुत्र तथा दरिद्र को धन-सुख प्राप्त होता है।"

प्रियव्रत ने देवी षष्ठी की स्तुति करते हुए उनसे पुत्र को पुनरुज्जीवित करने की प्रार्थना की।

देवी षष्ठी बोलीं, "राजन्, मनु पुत्र होने के कारण पृथ्वी पर सर्वत्र तुम्हारा शासन है। इसलिए सर्वप्रथम तुम विधिवत् पूजा कर मेरा ध्यान करो। तदनंतर मैं तुम्हारे पुत्र को पुनरुज्जीवित कर दूँगी। यह बालक सुव्रत नाम से प्रसिद्ध होकर सौ अश्वमेध यज्ञ करेगा।"

प्रियव्रत ने देवी षष्ठी की विधिवत् पूजा-आराधना की और उनके स्वरूप का चिंतन करने लगा। इससे देवी षष्ठी प्रसन्न हो गईं। उन्होंने मृत बालक को पुनः जीवित कर दिया और स्वर्ग लौट गईं। पुत्र को लेकर प्रियव्रत महल में लौट आए। उसी दिन से उनके राज्य में भगवती षष्ठी की विधिवत् पूजा होने लगी। प्रत्येक महीने की शुक्ल पक्ष की षष्ठी तिथि को भगवती षष्ठी का महोत्सव मनाया जाने लगा। बालकों के जन्म लेने के छठे दिन, इक्कीसवें दिन तथा अन्नप्राशन के अवसर पर भगवती षष्ठी की पूजा-आराधना की जाने लगी।

□

कामदेव का पुनर्जन्म

देवी सती की मृत्यु के बाद भगवान् शिव संसार से विरक्त होकर कठोर तप में लीन हो गए थे। उन्हें परब्रह्म के अतिरिक्त कुछ भी स्मरण न रहा। उन्होंने योग द्वारा स्वयं को परब्रह्म के चरणों में लीन कर लिया था। इस प्रकार ध्यान में लीन रहते हुए उन्हें अनेक वर्ष बीत गए।

भगवान् शिव जिस स्थान पर तपस्या कर रहे थे, उसके निकट ही पर्वतराज हिमालय का महल था। उनकी पुत्री पार्वती शिवजी की अनन्य भक्त थीं। उन्होंने मन-ही-मन भगवान् शिव को पति-रूप में पाने का संकल्प कर लिया था। उन्होंने अनेक वर्षों तक भगवान् शिव की पूजा-आराधना की, किंतु वे जाग्रत् न हुए।

इधर तारकासुर नामक एक भयंकर दैत्य ने ब्रह्माजी से वरदान प्राप्त किया था कि उसकी मृत्यु भगवान् शिव के पुत्र के हाथों होगी। चूँकि महादेव तपस्या में लीन थे, अतः समस्त देवगण चिंतित हो गए।

'भगवान् शिव को जाग्रत् कर उनका विवाह देवी पार्वती से करवाना होगा', यह निश्चय कर इंद्र ने कामदेव को आदेश दिया, "कामदेव, तुम भली-भाँति जानते हो कि भगवान् शिव से उत्पन्न पुत्र तारकासुर का वध करेगा। यह तभी संभव है जब वे विवाह करेंगे। अतः तुम भगवान् शिव के हृदय में पार्वती के लिए प्रेम उत्पन्न करो।"

इंद्र की आज्ञा पाते ही कामदेव भगवान् शिव के पास पहुँचा। उसने चारों ओर वसंत का प्रसार कर दिया। वसंत के प्रभाव से फूल खिल गए, सुगंधित वायु बहने लगी, पक्षी चहचहाने लगे।

महादेव का ध्यान भंग होने लगा। उनकी एकाग्रता खंडित हो गई। तभी उनकी

पूजा-आराधना करने के उद्देश्य से पार्वती भी वहाँ पहुँच गईं। उनकी दृष्टि जैसे ही पार्वती पर पड़ी, कामावेग के कारण उनके मन में प्रेम उत्पन्न हो गया। वे पार्वती के आकर्षक रूप-सौंदर्य को देखकर मंत्र-मुग्ध हो गए। परंतु अगले ही क्षण वे सावधान हो गए। उनके मन में विचार आया कि यह वसंत ऋतु का समय नहीं हो सकता।

उन्होंने दृष्टि घुमाई तो निकट ही कामदेव दिखाई दिया। वे समझ गए कि यह सब कामदेव का किया-धरा है। उसने ही उनकी तपस्या में विघ्न उत्पन्न किया है। तब क्रोधित शिव ने अपना तीसरा नेत्र खोलकर कामदेव को भस्म कर डाला। उसके भस्म होते ही चारों ओर अंधकार छा गया। देवगण भयभीत और निराश हो गए। कामदेव की पत्नी रति विलाप करने लगी।

उसे रोते देख शिवजी का मन द्रवित हो गया। वे उसे सांत्वना देते हुए बोले, "हे देवी! तुम्हारे पति ने सृष्टि के कल्याण के लिए मेरा तप भंग किया था और मैंने क्रोधावेग में उसे भस्म कर दिया। लेकिन मैं वरदान देता हूँ कि द्वापर युग में जब भगवान् श्रीकृष्ण धरती पर अवतरित होंगे, तब उनकी पत्नी रुक्मिणी के गर्भ से कामदेव पुनः उत्पन्न होगा। उससे तुम्हारी भेंट दैत्य शंबरासुर के महल में होगी।"

यह कहकर भगवान् शिव वहाँ से अंतर्धान हो गए। द्वापर युग में कामदेव भगवान् श्रीकृष्ण और रुक्मिणी के पुत्र-रूप में उत्पन्न होकर प्रद्युम्न नाम से प्रसिद्ध हुए।

□

शिव-तांडव

एक बार दक्ष प्रजापति ने एक यज्ञ का आयोजन किया। प्रजापतियों का अध्यक्ष होने के कारण दक्ष में अहंकार उत्पन्न हो गया था। मद में चूर होकर उसने शिवजी के अतिरिक्त सभी देवताओं एवं ऋषि-मुनियों को आमंत्रित किया। निमंत्रण पाकर किन्नर, नाग, यक्ष, गंधर्व आदि अपनी-अपनी पत्नियों के साथ यज्ञ स्थल की ओर चल पड़े। ब्रह्मा, विष्णु और शिव के अतिरिक्त सभी देवगण यज्ञ में उपस्थित हुए।

देवताओं को यज्ञस्थली की ओर जाते देख पार्वती ने भगवान् शिव से उत्सुकतावश पूछा, "भगवन्, ये देवगण इतने प्रसन्न होकर कहाँ जा रहे हैं? क्या आज कोई विशेष पर्व अथवा शुभ अवसर है?"

शिवजी बोले, ''देवी, दक्ष प्रजापति ने अश्वमेध यज्ञ का आयोजन किया है। देवगण उसी यज्ञ में सम्मिलित होने जा रहे हैं। महायज्ञ के हविष्य से इनके बल-पराक्रम में असीमित वृद्धि होगी। इसी बात से ये इतने प्रसन्न और उत्साहित दिखाई दे रहे हैं।''

पार्वती बोलीं, ''भगवन्, आप परब्रह्म स्वरूप हैं। सृष्टि के कण-कण में आपकी शक्ति विद्यमान है। आपके बिना इतना महत्त्वपूर्ण यज्ञ भला किस प्रकार सफल हो सकता है! अवश्य दक्ष प्रजापति आपको निमंत्रित करना भूल गए हैं। इसलिए हमें निस्संकोच इस यज्ञ में सम्मिलित होना चाहिए।''

भगवान् शिव उन्हें समझाते हुए बोले, "हे देवी! एक बार ब्रह्माजी की सभा में दक्ष प्रजापति हमसे अप्रसन्न हो गए थे। इसलिए अब वे हमारा अपमान करते हैं। ऐसी स्थिति में हमारा बिना बुलाए वहाँ जाना उचित नहीं है।"

पार्वती क्रोधित होकर बोलीं, ''हे स्वामी! आप देवों के भी देव हैं। यह सृष्टि आप

द्वारा रचित है। आप ही इसका पालन और संहार करते हैं। आपका परब्रह्म स्वरूप ही सत्य है, शेष सब मिथ्या है। ऐसी स्थिति में दक्ष द्वारा आपका अपमान मेरे लिए असहनीय है। भगवन्, आप उस दुष्ट को अवश्य दंडित करें।''

पार्वती की बात सुनकर भगवान् शिव क्रोध से भर उठे। उन्होंने अपनी एक जटा उखाड़ी और उससे वीरभद्र नामक एक शक्तिशाली दिव्य पुरुष को उत्पन्न किया। हजार भुजाओं से युक्त वीरभद्र का मुख विकराल था। वह असंख्य अस्त्र-शस्त्रों से युक्त था। भगवान् शिव ने उसे शिवगण का सेनापति नियुक्त कर दक्ष का यज्ञ खंडित करने भेजा। वीरभद्र ने सिंह का वेश धारण किया और यज्ञ-स्थल की ओर चल पड़ा। उसके साथ देवी भद्रकाली भी थीं, जो पार्वती के क्रोध से उत्पन्न हुई थीं।

यज्ञवेदी के चारों ओर देवता, ऋषि, मुनि और गंधर्व विराजमान थे। ऋषि-मुनियों द्वारा वेद-मंत्रों का उच्चारण हो रहा था, घृत आदि पदार्थों की आहुतियाँ डाली जा रही थीं। ऐसा प्रतीत होता था मानो संपूर्ण सृष्टि एक स्थान पर ही केंद्रित हो गई हो।

यज्ञ स्थल पर पहुँचकर वीरभद्र ने यज्ञ को नष्ट-भ्रष्ट कर दिया। शिवगण मंडपों को गिराने लगे। देखते-ही-देखते यज्ञशाला का संपूर्ण नाश हो गया। वीरभद्र के क्रोध को देखकर उपस्थित सभी देवगण एवं ऋषि-मुनि भयभीत हो गए। वे उसी समय भगवान् शिव की शरण में पहुँचे और उनकी स्तुति करने लगे।

उस समय क्रोधावेग के कारण भगवान् शिव तांडव कर रहे थे। देवताओं की स्तुति से उनका क्रोध शांत हो गया। तदनंतर ब्रह्माजी के साथ भगवान् शिव यज्ञशाला में पहुँचे। वहाँ दक्ष ने उनका यथोचित सत्कार कर उनकी स्तुति की। तत्पश्चात् भगवान् शिव की कृपा से दक्ष का यज्ञ संपन्न हुआ।

कुछ धार्मिक ग्रंथों में इस घटना का संबंध सती-दाह से जोड़ा जाता है। उनके अनुसार इस यज्ञ में देवी सती ने अपने प्राण त्याग दिए थे। बाद में उन्होंने पर्वतराज हिमालय के घर पार्वती के रूप जन्म लेकर भगवान् शिव को पुनः प्राप्त किया था। □

इलेश्वर

एक बार भगवान् शिव और पार्वती किसी वन में विहार कर रहे थे। चारों ओर असंख्य फूल खिले हुए थे; सुगंधित वायु मदहोश कर रही थी; पक्षियों के स्वर कानों में रस घोल रहे थे। ऐसे मनोहारी वातावरण के वशीभूत होकर शिव और पार्वती परस्पर प्रेमालाप में मग्न हो गए।

इधर, ऋषि-मुनियों को जब भगवान् शिव और पार्वती के वनागमन की सूचना मिली तो दर्शन की अभिलाषा से उस स्थान पर पहुँच गए। सहसा उन्हें आया देख पार्वती लज्जित होकर वहाँ से अदृश्य हो गईं। प्रेम में व्यवधान पड़ने से भगवान् शिव भी रुष्ट हो गए थे। अतः उन्होंने उस वन को शाप दे दिया कि 'आज से जो पुरुष इस वन में प्रवेश करेगा, वह स्त्री बन जाएगा।'

उसी दिन से पुरुषों ने उस वन में जाना बंद कर दिया।

वैवस्वत मनु का इल नामक एक वीर और पराक्रमी पुत्र था। एक बार शिकार खेलते हुए वह उस वन में प्रवेश कर गए। चूँकि शिवजी ने वन को शाप दिया हुआ था, अतः इल उसी समय एक सुंदर स्त्री में परिवर्तित हो गए। अपनी दुर्दशा देखकर इल बड़े दुःखी हुए। उन्होंने महल में लौटने का विचार त्याग दिया और वहीं भटकने लगे।

वन के निकट ही बुधदेव का आश्रम था। स्त्री बने हुए इल भटकते हुए उनके आश्रम में पहुँच गए। इल की सुंदरता ने बुधदेव को मोहित कर दिया। उन्होंने इल से विवाह करने की इच्छा प्रकट की। स्त्री बने इल ने उनका प्रस्ताव स्वीकार कर लिया। तदनंतर बुधदेव ने इल का नाम 'इला' रखा और उसके साथ विवाह कर लिया।

विवाह के बाद इला ने एक पुत्र को जन्म दिया, जो 'पुरूरवा' नाम से प्रसिद्ध हुआ।

पुरूरवा को बाल्यकाल से ही माता के चेहरे पर उदासी और दुःख के बादल दिखाई देते थे। अतः एक दिन उसने माता से उदासी का कारण पूछा। तब इला ने उसे पुरुष से स्त्री बनने की सारी बात बताई।

पुरूरवा ने वचन दिया कि वह उनके दुःख का अंत करके रहेगा। वह पिता बुधदेव के पास गया और उन्हें सारी बात बताकर इला के उद्धार का उपाय पूछा।

बुधदेव बोले, ''वत्स, इला की यह दशा भगवान् शिव के शाप के कारण हुई है। इसलिए केवल वे ही इला का उद्धार कर सकते हैं। इसके लिए तुम गौतमी गंगा के तट पर जाकर भगवान् शिव की आराधना करो। परम दयालु भोलेनाथ तुम्हारा मनोरथ अवश्य पूर्ण करेंगे।''

पुरूरवा उसी समय गौतमी गंगा के तट पर गए और स्नानादि करके 'ॐ नमः शिवाय' मंत्र का जाप करने लगे। उनकी उपासना से प्रसन्न होकर शिवजी साक्षात् प्रकट हुए और वर माँगने के लिए कहा।

पुरूरवा बोले, ''भगवन्, मेरी माता इला अनजाने में ही पुरुष से स्त्री बन जाने के कारण अनेक वर्षों से घोर दुःख भोग रही हैं। उनका उद्धार केवल आप द्वारा ही संभव है। प्रभु, आप वरदान देकर उन्हें उनका वास्तविक रूप लौटा दें।''

भगवान् शिव ने इला को गौतमी गंगा में स्नान करने के लिए कहा। डुबकी लगाते ही इला के नारी-गुण गंगा की धारा के साथ बह गए। उन्होंने पुनः वास्तविक रूप प्राप्त कर लिया। तभी से वह स्थान 'इला तीर्थ' के नाम से प्रसिद्ध हुआ। राजा इल ने वहाँ भगवान् शिव की स्थापना भी की, जो 'इलेश्वर' नाम से प्रसिद्ध हुए।

□

आदमी-साँप

प्रतिष्ठानपुर के राजा शूरसेन प्रतिवर्ष अनेक यज्ञ-हवन आदि किया करते थे। इन अवसरों पर वे याचकों एवं ब्राह्मणों को भरपूर दान-दक्षिणा देते थे। उनकी भक्ति और ईश्वर-निष्ठा तीनों लोकों में प्रसिद्ध थी। उनके धार्मिक कार्यों के फलस्वरूप उनकी पत्नी ने एक पुत्र को जन्म दिया। परंतु दैववश उनका पुत्र मनुष्य न होकर एक विषैला सर्प था। यद्यपि वह सर्प था, तथापि वह मनुष्य की बोली बोलता था। उसे देखकर शूरसेन और उनकी पत्नी अत्यंत दुःखी रहते थे। लेकिन फिर भी उनके हृदयों में उसके लिए असीमित प्रेम था।

उन्होंने उसके यज्ञोपवीत संस्कार आदि करवाए, उसकी शिक्षा-दीक्षा का प्रबंध किया। किंतु कई वर्ष बीत जाने के बाद भी कुलपुरोहित के अतिरिक्त किसी को इस बात की भनक न लगी कि उनका पुत्र एक सर्प है।

शिक्षा पूर्ण होने के बाद शूरसेन को पुत्र के विवाह की चिंता सताने लगी। परंतु एक सर्प से कौन अपनी कन्या का विवाह करेगा, इसी बात को सोचकर वे चिंतित रहने लगे। एक दिन उन्होंने कुलपुरोहित को अपने मन की बात बताई। पुरोहित बोले, "राजन्, संसार में कोई भी कार्य असंभव नहीं है। यदि आप अपने पुत्र का विवाह करना चाहते हैं तो यह कार्य अवश्य संपन्न होगा। राजन्, पूर्व देश में विजय नामक राजा राज्य करते हैं। उनकी भोगवती नामक एक अत्यंत सुंदर और सुशील कन्या है। आपके पुत्र के लिए वह योग्य पत्नी सिद्ध होगी। मैं आज ही वहाँ के लिए प्रस्थान करता हूँ। आप निश्चिंत रहें, मैं कोई-न-कोई ऐसा उपाय अवश्य ढूँढ़ लूँगा, जिससे यह विवाह निर्विघ्न संपन्न हो जाए।"

पुरोहित के आश्वासन से शूरसेन के चेहरे पर मुसकान लौट आई।

कुछ दिनों की यात्रा के बाद पुरोहित पूर्व देश पहुँचे। उनके साथ असंख्य सेवक-सेविका और रत्न-आभूषणों के भंडार थे। उसने राजा विजय से भेंट की और अपने आने का प्रयोजन बताते हुए बोला, ''राजन्, आपके शौर्य और कीर्ति का डंका दसों दिशाओं में बजता है। आपके समान पराक्रमी और विद्वान् संसार में दूसरा कोई नहीं है। राजन्, प्रतिष्ठानपुर के राजा शूरसेन अपने पुत्र का विवाह आपकी कन्या भोगवती के साथ करना चाहते हैं। उनका पुत्र अत्यंत गुणी, बुद्धिमान और श्रेष्ठ गुणों से युक्त है। यदि आपको प्रस्ताव स्वीकार हो तो हम शास्त्र-विधि द्वारा इस विवाह को संपन्न करेंगे।''

पुरोहित की मीठी बातें सुनकर राजा विजय मंत्रमुग्ध हो गए। उन्होंने शास्त्र-विधि द्वारा पुत्री का विवाह कर दिया। तदनंतर पुरोहित राजकुमारी को साथ लेकर प्रतिष्ठानपुर लौट गए।

महल में पहुँचकर भोगवती को पति की वास्तविकता के बारे में पता चला। परंतु तब भी उसे कोई दुःख न हुआ। वह कक्ष में गई और पलंग पर बैठे सर्प को प्रणाम किया।

तब वह सर्प बोला, "हे देवी! मैं शेषनाग का पुत्र मणिनाग हूँ तथा भगवान् शिव के हाथ में कंगन की भाँति सुशोभित होता हूँ। एक बार एक मुनि ने क्रोधित होकर मुझे मनुष्य-योनि से सर्प-रूप में जन्म लेने का शाप दिया था। बाद में क्रोध शांत होने पर उन्होंने शाप-मुक्ति के लिए मुझे पत्नी-सहित गौतमी गंगा में स्नान करने का परामर्श दिया था। इसलिए तुम मेरे साथ गौतमी गंगा में स्नान कर शिवजी की उपासना करो। इसी से मेरी मुक्ति संभव है।"

भोगवती ने सर्प को उठाया और उसे लेकर गंगा-तट पर आ गई। वहाँ स्नान कर उसने पति सहित भगवान् शिव की पूजा-उपासना की। फलस्वरूप मणिनाग शाप-मुक्त हो गया। तदनंतर वह पत्नी सहित शिवलोक चला गया। जिस स्थान पर मणिनाग ने भगवान् शिव की आराधना की थी, वह स्थान 'नाग तीर्थ' के नाम से प्रसिद्ध हुआ। वहाँ स्थापित शिवलिंग 'नागेश्वर' कहलाया।

□

मातृका तीर्थ

एक बार दैत्यों ने शक्तियाँ एकत्रित कर स्वर्ग पर आक्रमण कर दिया। देवताओं ने उनका डटकर सामना किया। लेकिन दैत्यों के बल-पराक्रम के समक्ष वे निस्तेज हो गए। धीरे-धीरे युद्ध में दैत्यों का पक्ष भारी होता चला गया। ऐसे में देवताओं के लिए प्राणों का संकट उत्पन्न हो गया। वे ब्रह्माजी की शरण में जाकर विनती करते हुए बोले, ''पितामह, आप द्वारा वरदान दिए जाने के बाद दैत्य अत्यंत शक्तिशाली हो गए हैं। उनका प्रभाव दिन-प्रतिदिन बढ़ता जा रहा है। इसके कारण युद्ध में उन्हें परास्त करना हमारे लिए असंभव है। इसलिए आप कोई ऐसा उपाय बताएँ, जिससे हम दैत्यों का संहार कर सकें। अन्यथा दैत्यों द्वारा शीघ्र ही संपूर्ण सृष्टि नष्ट हो जाएगी।''

ब्रह्माजी बोले, ''हे देवो! दैत्यों ने अपने तपोबल से अनेक दिव्य सिद्धियाँ प्राप्त की हैं। उनके समक्ष मैं स्वयं भी असहाय हूँ। अब तो केवल भगवान् महादेव ही आपको इस संकट से बचा सकते हैं। आप सब मेरे साथ उनकी शरण में चलें। मुझे पूर्ण विश्वास है कि भक्त-वत्सल भगवान् शिव आपकी सहायता अवश्य करेंगे।''

यह कहकर ब्रह्माजी ने देवताओं को साथ लिया और कैलास पर जा पहुँचे।

उस समय भगवान् शिव नेत्र बंद किए ध्यान में लीन थे। देवगण उनकी स्तुति करते हुए बोले, ''हे महादेव! हे जगत् के पालनहार! हे परब्रह्मस्वरूप! हे नाथों के नाथ! हम अनाथों की रक्षा करें। भगवन्, समुद्र-मंथन के समय आपने भयंकर कालकूट विष का सेवन कर सृष्टि की रक्षा की थी। देवासुर संग्राम में आपने अनेक बार दैत्यों का संहार किया है। आपकी शक्तियों से सुसज्जित होकर श्रीविष्णु अवतार धारण कर पापियों का नाश करते हैं। आप काम-विजयी हैं; आप तीनों लोकों के स्वामी हैं; सृष्टि के

कण-कण में केवल आप ही विद्यमान हैं। यह संसार आपकी माया का अंश है। देवता, यक्ष, गंधर्व, नाग, किन्नर, ऋषि, मुनि सभी आपकी उपासना करते हैं। प्रभु, इस समय देवताओं पर घोर संकट के बादल मँडरा रहे हैं। दैत्यों का पराक्रम बढ़ता जा रहा है। ऐसी संकट की घड़ी में केवल आप ही हमारा उद्धार कर सकते हैं। हे भोलेनाथ! हम आपकी शरण में हैं, शरणागत की रक्षा करें।''

देवताओं की स्तुति से प्रसन्न होकर भगवान् शिव समाधि से उठ खड़े हुए। उन्होंने त्रिशूल धारण किया और नंदी पर सवार होकर युद्धभूमि की ओर चल दिए। उस समय उनके तेज से दसों दिशाएँ प्रकाशित होने लगीं; समुद्र में विशाल लहरें उठने लगीं। उनका क्रोध प्रलय बनकर दैत्यों पर टूट पड़ा। उनके भय से दैत्य इधर-उधर भागने लगे। जिन दैत्यों ने उनके सामने आने का साहस किया, वे चींटी की भाँति मसले गए।

युद्ध करते समय भगवान् शिव के मस्तक से पसीने की कुछ बूँदें नीचे गिरीं। उन बूँदों से असंख्य मातृकाएँ प्रकट हो गईं। शिव ने उन्हें दैत्यों के संहार का आदेश दिया। आज्ञा पाते ही मातृकाएँ विकराल रूप धारण कर दैत्यों का भक्षण करने लगीं। देखते-ही-देखते उन्होंने संपूर्ण दैत्यों का सफाया कर दिया।

युद्ध-समाप्ति के बाद भगवान् शिव ने गौतमी गंगा में स्नान किया। फिर वे मातृकाओं को वर देते हुए बोले, ''हे मातृकाओ! मेरे अंश से उत्पन्न होने के कारण तुम मेरा ही स्वरूप हो। अतः मेरे समान तुम भी संसार में पूजनीय और वंदनीय हो जाओगी। जो भी मनुष्य भक्तिभाव से तुम्हारा चिंतन करेगा, उसकी समस्त मनोकामनाएँ पूर्ण होंगी।''

इस प्रकार वरदान देकर भगवान् शिव अंतर्धान हो गए। मातृकाएँ गौतमी गंगा के उसी तट पर स्थित हो गईं। तभी से वह स्थान 'मातृका तीर्थ' के नाम से प्रसिद्ध हुआ। इस स्थान पर स्नानादि के बाद किया गया दान अक्षय तथा मोक्षप्रदायक होता है।

□

दैत्य सुंदरी

राजा धन्वंतरि बड़े धर्मात्मा, दयालु और परोपकारी थे। उनका अधिकांश समय धर्म-कर्म के कार्यों में व्यतीत होता था। उन्होंने अनेक अश्वमेध यज्ञ किए। इन अवसरों पर ऋषि-मुनियों एवं याचकों को भरपूर दान-दक्षिणा देकर संतुष्ट किया। इससे उनके राज्य में चारों ओर सुख-समृद्धि का वास हो गया। इस प्रकार राज्य करते हुए उन्हें अनेक वर्ष बीत गए।

एक बार 'तम' नामक एक भयंकर और शक्तिशाली दैत्य ने उनके राज्य में आतंक मचा दिया। वह ऋषि-मुनियों के आश्रम में जाकर उनकी पूजा-उपासना में विघ्न उत्पन्न करने लगा। उसके भय से लोग थर-थर काँपने लगे। अंत में ऋषि-मुनि दुःखी होकर धन्वंतरि के पास गए और उनसे सहायता की प्रार्थना की।

तम की उद्दंडता के बारे में सुनकर धन्वंतरि के क्रोध का ठिकाना न रहा। वे प्रजा को अपनी संतान की भाँति स्नेह करते थे। अतएव वे अस्त्र धारण कर उसी समय तम के सामने जा पहुँचे। अहंकारी तम उनका उपहास उड़ाते हुए बोला, "हे राजन्! तुम क्यों व्यर्थ में अपने प्राण गँवाना चाहते हो? उचित यही है कि इसी समय लौट जाओ। अन्यथा मैं तुम्हें चींटी की भाँति मसल डालूँगा।"

उसकी बातों ने धन्वंतरि के क्रोध में घी का कार्य किया। उन्होंने उस पर आक्रमण कर दिया। दोनों में अनेक दिनों तक मल्लयुद्ध चलता रहा। अंत में धन्वंतरि के समक्ष तम असहाय हो गया और प्राण बचाकर भागा। उन्होंने उसका पीछा किया, लेकिन वह समुद्र में छिप गया।

इसके बाद किसी भी दैत्य अथवा राक्षस ने धन्वंतरि के राज्य में प्रवेश नहीं किया।

इस घटना को घटित हुए एक हजार वर्ष व्यतीत हो गए। धन्वंतरि पर वृद्धावस्था ने अपना प्रभाव दिखाना आरंभ कर दिया था। उन्होंने राजपाट पुत्र को सौंपा और स्वयं वन में जाकर तपस्या करने लगे।

इधर तम वर्षों से हृदय में प्रतिशोध की ज्वाला लिये बैठा हुआ था। उसे जब ज्ञात हुआ कि धन्वंतरि तपस्या कर रहे हैं तो वह उनका तप खंडित करने के लिए मचल उठा। उसने एक सुंदर युवती का वेश धारण किया और उनके पास जाकर प्रेम-निवेदन करते हुए बोला, "राजन्, मैंने आपके बल और शौर्य की प्रशंसा तीनों लोकों में सुनी है। आपके समान परम तेजस्वी दूसरा कोई नहीं है। राजन्, मेरे हृदय में आपके लिए प्रेम उमड़ रहा है। कृपया मुझे अपनी शरण में लेकर मेरी मनोकामना पूर्ण करें।"

उसकी प्रेम भरी बातें सुनकर दैववश धन्वंतरि भी मोहित हो गए। उन्होंने तपस्या त्याग दी और सुंदरी के साथ विवाह करके विषय-भोगों में डूब गए। कामावेग से उनका संपूर्ण तप खंडित हो गया। तब एक दिन तम वहाँ से अदृश्य हो गया। धन्वंतरि उसके

रूप-सौंदर्य से इतने बँध चुके थे कि वे उसके वियोग में दुःखी होकर प्राण त्यागने को उद्यत हो गए।

तब ब्रह्माजी प्रकट होकर धन्वंतरि से बोले, ''राजन्, तुम जिसके वियोग में दुःखी होकर प्राण त्याग रहे हो, वह तुम्हारा परम शत्रु दैत्य तम था। उसने तुम्हारे तप को खंडित करने के लिए ही यह माया रची थी। इसलिए तुम्हें शोक नहीं करना चाहिए। अब तुम गौतमी गंगा में स्नान कर श्रीविष्णु की आराधना करो। केवल वे ही तुम्हारा उद्धार करेंगे।''

धन्वंतरि ने गंगा में स्नान कर वैदिक मंत्रों द्वारा श्रीविष्णु की उपासना की। अंत में श्रीविष्णु ने प्रकट होकर उन्हें अगले जन्म में इंद्र-पद पर सुशोभित होने का वरदान दिया।

चूँकि उस पुण्यमय स्थान पर धन्वंतरि की मनोकामना पूर्ण हुई थी, इसलिए वह स्थान 'पूर्ण तीर्थ' के नाम से प्रसिद्ध हुआ।

□

धर्म-दोष

देवताओं के राजा इंद्र को अपने पाप-कर्मों के कारण तीन बार देवेंद्र के पद से च्युत होना पड़ा। सर्वप्रथम उन्होंने त्वष्टा मुनि के पुत्र वृत्रासुर का वध किया था। चूँकि वृत्रासुर ब्राह्मण-पुत्र था, इसलिए इंद्र ब्रह्म-हत्या के दोषी हुए। तब उनके स्थान पर इक्ष्वाकु राजा नहुष इंद्र-पद पर आसीन हुए थे। इसके बाद उन्होंने सिंधुसेन का वध किया, जिसके फलस्वरूप उन्हें पुनः अपना पद गँवाना पड़ा। तीसरी बार उन्होंने छलपूर्वक महर्षि गौतम की पत्नी अहल्या का शील-हरण किया था। इस पाप के कारण उनके शरीर पर सहस्र योनियाँ बन गई थीं। तब भी उन्हें इंद्र-पद से हटना पड़ा था।

इन्हीं घटनाओं से इंद्र बड़े चिंतित रहते थे। उन्हें कब इंद्र-पद छोड़ना पड़ जाए, मन-ही-मन यह भय सताता रहता था। वे अपने भय का निवारण करना चाहते थे। अतः वे देवगुरु बृहस्पति के पास गए और उन्हें अपने मन की व्यथा बताते हुए बोले, "गुरुवर, आप जानते ही हैं कि अनेक कारणों से मुझे बार-बार इंद्र-पद त्यागना पड़ता है। यह स्थिति मेरे लिए घोर अपमान का कारण बन जाती है। कृपया बताएँ, ऐसा कौन सा कारण है, जिसके प्रभाव से मेरी यह दुर्दशा होती है? आप तो परम ज्ञानी और विद्वान् हैं। कोई भी बात आपसे छिपी नहीं है। कृपया इस विषय में मेरा मार्गदर्शन करें।"

देवगुरु बृहस्पति बोले, "राजन्, सृष्टि के रचयिता ब्रह्माजी संसार के सभी प्राणियों के गुण-दोषों एवं भाग्य के विषय में भली-भाँति जानते हैं। आपके इन प्रश्नों का उत्तर भी केवल वे ही दे सकते हैं। अतः आप मेरे साथ उनके पास चलें। वे आपकी समस्या का निवारण अवश्य करेंगे।"

तब देवराज इंद्र बृहस्पति के साथ ब्रह्मलोक में पहुँचे और ब्रह्माजी को सारी बात

बताई।

ब्रह्माजी बोले, ''वत्स, निस्संदेह प्राणी को अपने कर्मों के अनुसार ही अच्छा या बुरा फल मिलता है। लेकिन मनुष्य के कर्म भी उसके धर्म-दोषों पर निर्भर करते हैं। देवेंद्र, खंड नामक धर्म-दोष के कारण ही आप बार-बार पापकर्मों में लिप्त होते हैं, जिसके फलस्वरूप आपको अपने पद से च्युत होना पड़ता है। ब्राह्मणों की अवहेलना, भक्ति का अभाव, असत्य भाषण, परहिंसा, स्वार्थ-सिद्धि आदि कारण ही धर्म को खंडित करते हैं। इससे प्राणी को असीमित दुःख भोगने पड़ते हैं।''

''ब्रह्मदेव, इस दोष के निवारण का क्या उपाय है? मैं इस दोष को किस प्रकार शांत करके दुःख और शोक से बच सकता हूँ? कृपया इस बारे में बताने का कष्ट करें।'' इंद्र ने विनती की।

ब्रह्माजी बोले, ''हे वत्स, पूर्वजन्म में तुम राजा धन्वंतरि थे। तुमने गौतमी गंगा के तट पर भगवान् विष्णु की उपासना करके ही इस जन्म में देवेंद्र का पद प्राप्त किया है। उन्होंने ही तुम्हारे समस्त दुःखों का अंत किया था। इसलिए तुम पुनः गंगा-तट पर जाकर भगवान् विष्णु की उपासना करो। केवल वे ही तुम्हारे इस दोष का निवारण कर सकते हैं।''

तब गौतमी गंगा में स्नान करके इंद्र श्रीविष्णु का तथा बृहस्पति भगवान् शिव के स्वरूप का ध्यान करने लगे। उनकी भक्ति से प्रसन्न होकर दोनों देव वहाँ प्रकट हुए। श्रीविष्णु ने वरदान देकर इंद्र का धर्म-दोष दूर कर दिया। तभी से वह स्थान 'गोविंद तीर्थ' के नाम से प्रसिद्ध हुआ।

इधर भगवान् शिव ने बृहस्पति को दिव्य ज्ञान प्रदान किया। बृहस्पति ने जिस स्थान पर शिवलिंग की स्थापना कर उनकी उपासना की थी, वह स्थान 'सिद्धेश्वर' कहलाया।

□

कबूतर-उल्लू

'अनुह्लाद' नामक कपोत मृत्युदेव का पौत्र था। वह बड़ा वीर, पराक्रमी और शक्तिशाली था। उसका विवाह हेति नामक यक्षिणी के साथ हुआ। हेति मृत्युदेव की पुत्री की पुत्री थी। वे दोनों गौतमी गंगा के उत्तरी तट पर निवास करते थे। गंगा के दक्षिणी तट पर एक भयंकर और विशालकाय उल्लू अपने परिवार के साथ रहता था।

कपोत और उलूक में परस्पर गहरी शत्रुता थी। वे अकसर एक-दूसरे को नीचा दिखाने का प्रयास किया करते थे। उन्होंने अनेक बार युद्ध किया, लेकिन हार-जीत का निर्णय न हो सका।

अंत में एक दिन कपोत मृत्युदेव के पास गया और उनसे विनती करते हुए बोला, "पितामह, मेरे निवास के निकट ही एक दुष्ट उलूक रहता है। उसने अपने नीच कर्मों से वहाँ का वातावरण दूषित कर दिया है। इसलिए आप मुझे याम्य नामक अस्त्र प्रदान करने की कृपा करें, जिससे मैं उस दुष्ट को दंडित कर सकूँ।"

'याम्य' अस्त्र वस्तुतः मृत्युदेव का पाश था, जिससे वे प्राणियों के प्राण हरते थे। उन्होंने मोहवश कपोत को वह अस्त्र दे दिया। उलूक भी अग्निदेव से आग्नेय अस्त्र ले आया। दिव्यास्त्रों से युक्त होने पर दोनों ही स्वयं को अजेय समझने लगे। उन्होंने एक-दूसरे पर पूरे वेग से आक्रमण किया।

दोनों में युद्ध छिड़ गया। उलूक ने कपोत पर आग्नेय अस्त्र से प्रहार किया। इस अस्त्र से निकलनेवाली अग्नि की ज्वालाएँ कपोत को जलाने लगीं। तब कपोत ने भी उलूक पर याम्य अस्त्र चला दिया। देखते-ही-देखते उलूक भी मृत्यु-पाश में बँध गया; उसके प्राण निकलने लगे।

हेति ने जब अपने पति की दुर्दशा देखी तो वह भयभीत होकर अग्निदेव की शरण में गई और करुण स्वर में विनती करते हुए बोली, ''हे अग्निदेव! आपके अस्त्र से मेरे पति के प्राण संकट में पड़ गए हैं। कृपया आप अपने अस्त्र को रोककर मेरे पति को जीवनदान दें।''

''देवी, यदि आग्नेय अस्त्र का प्रयोग कर दिया जाए तो वह बिना किसी के प्राण लिये वापस नहीं लौटता। तुम्हारे पति के प्राण तभी बच सकते हैं, यदि उसके स्थान पर कोई और स्वयं को प्रस्तुत कर दे।'' अग्निदेव ने स्पष्ट शब्दों में कहा।

तब कपोत के प्राण बचाने के लिए कपोती ने स्वयं को प्रस्तुत कर दिया। उसके पतिव्रत-धर्म और त्याग से अग्निदेव अत्यंत प्रसन्न हुए। उन्होंने दोनों को ही अभय प्रदान कर दिया।

इधर, उलूक की रक्षा के लिए उलूकी भी मृत्युदेव के पास गई। मृत्युदेव ने भी उसके सामने यही शर्त रखी। पति की रक्षा के लिए उलूकी ने स्वयं यमपाश में बँधना स्वीकार कर लिया। उलूकी के समर्पण से प्रसन्न होकर मृत्युदेव ने उलूक के प्राण छोड़ दिए। तत्पश्चात् दोनों देवों ने कपोत और उलूक में मित्रता करवाकर वरदान माँगने के लिए कहा।

अपने नीच और घृणित व्यवहार से कपोत और उलूक दोनों ही अत्यंत लज्जित थे। वे वरदान माँगते हुए बोले, ''हे देवो! हम घृणा, द्वेष और ईर्ष्या से भरकर परस्पर वैरभाव में डूबे रहे। परंतु फिर भी आप हमें वरदान देना चाहते हैं। इसलिए जगत्-कल्याण के लिए हम आपसे प्रार्थना करते हैं कि हमारे आश्रय-स्थल परम पावन तीर्थों में परिवर्तित हो जाएँ। यहाँ आनेवाले तथा इनके दर्शन करनेवाले भक्तों की सभी मनोकामनाएँ पूर्ण हों।''

देवों ने उन्हें मनोवांछित वरदान दे दिया। तभी से गंगा का उत्तरी तट 'उलूक तीर्थ' एवं 'यम तीर्थ' कहलाया। यहाँ स्नान एवं दान करने से मनुष्य पापरहित हो जाता है। गंगा का दक्षिणी तट 'कपोत तीर्थ' एवं 'अग्नि तीर्थ' के नाम से प्रसिद्ध हुआ। इसके दर्शन मात्र से मनुष्य को अग्निष्टोम नामक यज्ञ का फल प्राप्त होता है।

□

अमृत जल

महर्षि भरद्वाज गौतमी गंगा के तट पर आश्रम बनाकर रहते थे। एक बार उन्होंने एक विशाल यज्ञ का आयोजन किया। इस उपलक्ष्य में उन्होंने इंद्र, वरुण, अग्नि आदि देवताओं के साथ-साथ महर्षि गौतम, अत्रि, पुलस्त्य, अंगिरा आदि ऋषि-मुनियों को भी आमंत्रित किया। यज्ञ के अंतिम चरण में देवताओं को भोग लगाने के लिए महर्षि खीर बना रहे थे। खीर अभी पक ही रही थी कि सहसा अग्नि के धुएँ से एक भयंकर और विशालकाय पुरुष प्रकट हुआ। धुएँ से उत्पन्न होने के कारण उसका संपूर्ण वर्ण काला था।

देखते-ही-देखते वह भयंकर पुरुष खीर पर टूट पड़ा और कुछ ही पलों में सारी खीर खा गया। यह देखकर महर्षि क्रोध से भर उठे और गरजते हुए बोले, "हे दुष्ट! तुमने यज्ञ-खीर के भक्षण करने का दु:साहस कैसे किया? तू कौन है? शीघ्रता से अपना परिचय दे, अन्यथा मेरा क्रोध तुझे पल भर में जलाकर भस्म कर देगा!"

वह पुरुष हाथ जोड़कर विनम्र स्वर में बोला, "कृपया क्रोध न करें, मुनिवर! मैं आपको अपना परिचय देता हूँ। मैं संध्या और प्राचीन बर्हिष का पुत्र यज्ञघ्न हूँ। स्वयं पितामह ब्रह्माजी ने मुझे यज्ञों के भक्षण का कार्य सौंपा है। यज्ञ-खीर का भक्षण करके मैंने अपने कर्तव्य का पालन है।"

महर्षि भरद्वाज शांत होते हुए बोले, "यज्ञघ्न, यज्ञ एवं हवन सृष्टि के सबसे पवित्र और पुण्यमय कर्म हैं। इनके माध्यम से देवताओं का पोषण होता है। इससे मिलनेवाला पुण्य यज्ञकर्ता के लिए मोक्षप्रदायक है। इसलिए प्राणी का धर्म है कि वह इसकी रक्षा करे। तुम भी यज्ञ नष्ट करने की अपेक्षा यज्ञ की रक्षा करो।"

''मुनिवर, आपका कथन पूर्णत: सत्य है। परंतु एक बार मेरी धृष्टता से अप्रसन्न होकर ब्रह्माजी ने मुझे शाप दिया था कि मैं भयंकर रूप धारण करके केवल पाप कर्मों में ही लिप्त रहूँगा। बाद में क्रोध शांत होने पर उन्होंने मेरी मुक्ति का उपाय बताते हुए कहा कि यदि कोई मुझ पर अमृत का छींटा मारेगा तो मैं शापमुक्त होकर सत्कर्मों में प्रवृत्त हो जाऊँगा। इसलिए यदि आप चाहते हैं कि मैं यज्ञ की रक्षा करूँ तो शाप से मेरा उद्धार करें।''

भरद्वाज विस्मित होकर बोले, ''ऐसा कैसे हो सकता है, यज्ञघ्न? जो अमृत देवताओं को अथाह कष्ट भोगने के बाद प्राप्त हुआ है, वह भला मुझे कैसे प्राप्त हो सकता है? उसकी एक बूँद तो छोड़ो, उसके कलश तक के दर्शन मेरे लिए दुर्लभ हैं। यह कार्य मेरे लिए असंभव है। तुम अपनी शाप-मुक्ति का कोई और उपाय बताओ। मैं उसे पूर्ण करने का प्रयास करूँगा।''

यज्ञघ्न बोला, ''हे मुनिवर! पृथ्वी पर गौतमी गंगा का जल अमृत-तुल्य माना गया है। यदि उस जल से मेरा अभिषेक किया जाए तो निश्चय ही मैं शापमुक्त हो जाऊँगा।''

तब महर्षि भरद्वाज ने कमंडलु से गौतमी गंगा का जल निकालकर अंजुलि में लिया और वैदिक मंत्रों का उच्चारण करते हुए यज्ञघ्न पर छिड़क दिया। पवित्र जल के स्पर्श मात्र से यज्ञघ्न शापमुक्त हो गया। उसका संपूर्ण शरीर स्वर्ण की भाँति चमक उठा; उसके सभी पापों का नाश हो गया। तदनंतर उसने भरद्वाज मुनि के यज्ञ की रक्षा की।

महर्षि ने जिस स्थान पर यज्ञघ्न को शाप-मुक्त किया था, वह स्थान 'शुक्ल तीर्थ' कहलाया। इस तीर्थ पर स्नान, दान और पूजा-उपासना करने से भक्तों की समस्त मनोकामनाएँ पूर्ण होती हैं; मृत्यु-उपरांत वे मोक्ष प्राप्त करते हैं।

□

श्रेष्ठ कौन?

समुद्र-मंथन के समय जब देवी लक्ष्मी प्रकट हुईं, उस समय उनके साथ अलक्ष्मी नामक एक देवी भी उत्पन्न हुई थीं। बाद में अलक्ष्मी ही 'दरिद्रा' के नाम से प्रसिद्ध हुई। एक साथ उत्पन्न होने के कारण दोनों देवियों का सृष्टि के प्रत्येक कोने में एक समान अधिकार और प्रभाव था। परंतु विपरीत स्वभाव की होने के कारण उन दोनों में परस्पर वैमनस्य का भाव रहता था।

एक बार देवी लक्ष्मी और दरिद्रा में परस्पर श्रेष्ठता को लेकर विवाद छिड़ गया। लक्ष्मी स्वयं की श्रेष्ठता सिद्ध करते हुए बोलीं, "हे दरिद्रा! संसार में केवल मैं ही प्राणियों का एकमात्र ध्येय हूँ। सभी मुझे प्राप्त करना चाहते हैं। कुल, शील, जीवन सबकुछ मुझसे ही सुशोभित है। मेरे अभाव में मनुष्य दीन-हीन होकर मृतक समान जीवन व्यतीत करते हैं। मैं स्वर्ण, धन और समृद्धि में निवास करते हुए प्राणियों को परम शांति और सुख प्रदान करती हूँ। मनुष्य मेरी कृपा-दृष्टि प्राप्त करने के लिए अथक प्रयास करते हैं। मैं जिनसे विमुख हो जाती हूँ उनसे बुद्धि, लज्जा, शांति और कीर्ति भी विमुख हो जाती है। जिनके घर में मेरा निवास होता है, वह देवताओं के समान समस्त ऐश्वर्यों को भोगता हुआ आनंदमय जीवन व्यतीत करता है। मेरा अभाव व्यक्ति को याचक बना देता है। उसका मान, सम्मान, यश, कीर्ति, गुण—सबकुछ धूमिल हो जाता है। यह स्थिति मनुष्यों के लिए अभिशाप बन जाती है। इसलिए मनुष्य मेरी कृपा प्राप्त करने के लिए प्रयासरत रहते हैं। अतः हे दरिद्रा! केवल मैं ही इस संसार में सर्वश्रेष्ठ हूँ। मेरा आगमन मनुष्यों के लिए परम सुखदायक है।"

दरिद्रा अपना पक्ष रखते हुए बोली, "हे लक्ष्मी! तुमने जिन प्राणियों की बात की है,

वे सभी सांसारिक बंधनों में फँसकर काल का ग्रास बनते हैं। मोह-माया का चक्र उन्हें कभी मुक्त नहीं होने देता। परंतु जो मनुष्य मोक्ष चाहते हैं, वे केवल मेरा ही भजन करते हैं। मेरी कृपा प्राप्त करके मनुष्य काम, क्रोध, मद, मोह और लोभ आदि विकारों से विरक्त हो जाता है। तुम्हारा प्रभाव मनुष्य को स्वार्थी, लोभी, चाटुकार और हिंसक बनाता है। इसके विपरीत जिस पर मेरी कृपा हो जाए वह दयालु, परोपकार, अहिंसक और परहितकारी आदि गुणों से युक्त हो जाता है। हे लक्ष्मी! तुम्हारी कृपा प्राप्त करके मनुष्य जिन सुखों को भोगता है, वास्तव में वे उसके दुःखों का कारण ही बनते हैं। ये दुःख उन्हें भवसागर से निकलने नहीं देते। परंतु जो मनुष्य मेरी शरण में आते हैं, उनके दुःख भी सुख में परिवर्तित हो जाते हैं। मेरे प्रभाव से मनुष्यों के समस्त पापों का अंत हो जाता है। उसके अंदर धर्मशीलता, सदाचार और विद्वत्ता के गुण उत्पन्न हो जाते हैं। इसलिए हे देवी! संसार में केवल मैं ही श्रेष्ठ हूँ।''

इस प्रकार जब दोनों किसी निर्णय पर न पहुँच सकीं तो उन्होंने ब्रह्माजी की शरण

लीं। ब्रह्माजी ने उन्हें गौतमी गंगा के पास जाने का परामर्श दिया। उन्होंने गौतमी गंगा को सारा वृत्तांत सुनाकर निर्णय करने की प्रार्थना की।

गौतमी गंगा बोलीं, "दरिद्रे! संसार में व्याप्त कीर्ति, यश, विद्या, मुक्ति, धनश्री, तप:श्री, यज्ञश्री, भोगश्री, लज्जा, शांति, क्षमा, सिद्धि–सबकुछ केवल महालक्ष्मी द्वारा ही प्रकट हुई हैं। क्षमाशील, धर्मात्मा, दानी, परोपकारी, विद्वान्, ब्राह्मण ये लक्ष्मी द्वारा ही तेजयुक्त होते हैं। लक्ष्मी के बिना संसार की कल्पना असंभव है। उन्हीं के प्रभाव से संसार में जीवन, मृत्यु और पुनर्जन्म का चक्र चलता है। हे दरिद्रे! तुम दोनों में लक्ष्मी ही श्रेष्ठ है। इसलिए तुम मेरी दृष्टि से ओझल हो जाओ।"

इसके बाद दरिद्रा निराश होकर वहाँ से चली गई। तभी से गौतमी गंगा का जल लक्ष्मी–प्रदायक हो गया। उसमें स्नान करने से दरिद्र–से–दरिद्र मनुष्य भी 'श्री' संपन्न होकर समस्त ऐश्वर्य और सुख भोगता है। तभी से वह स्थान 'लक्ष्मी तीर्थ' कहलाने लगा।

□□□